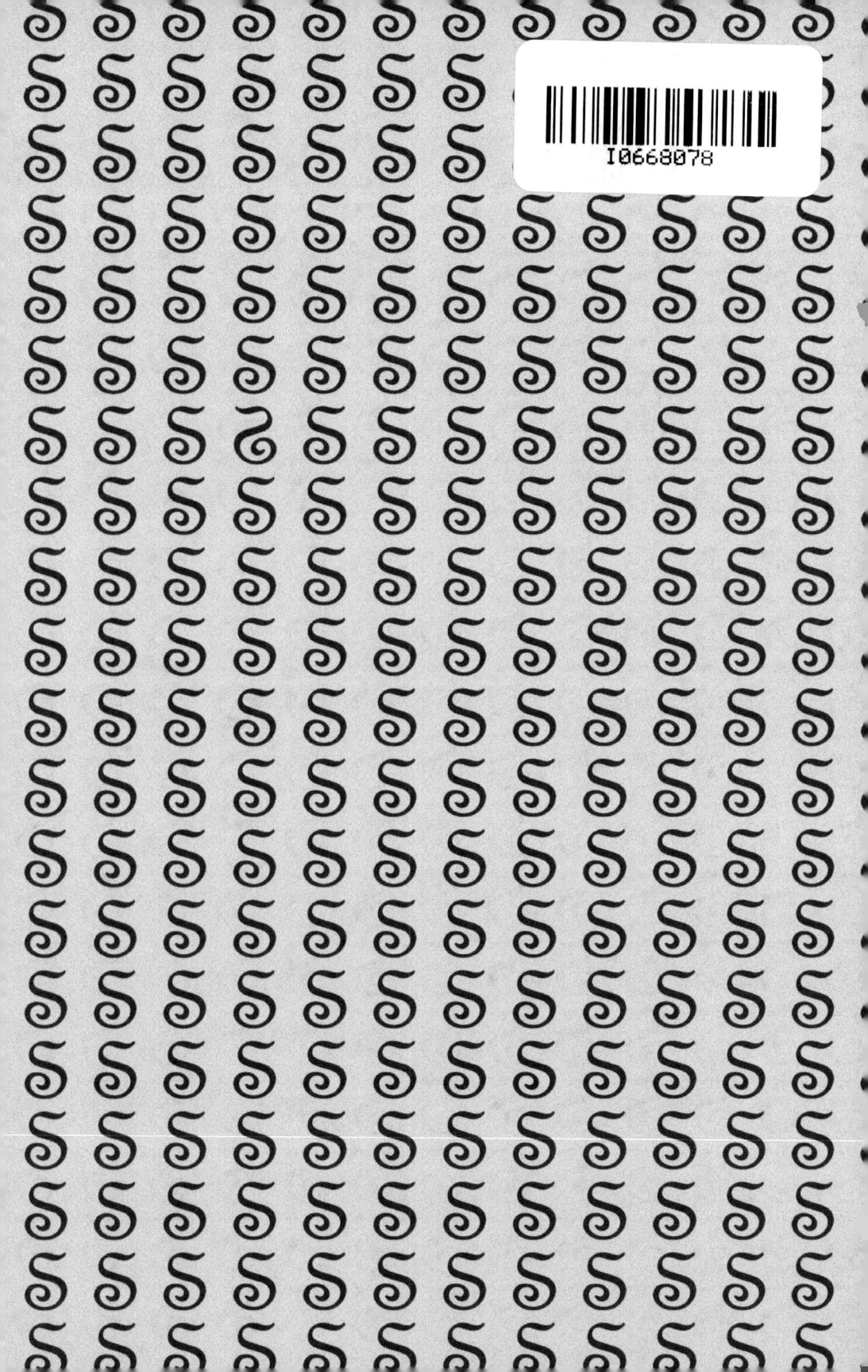

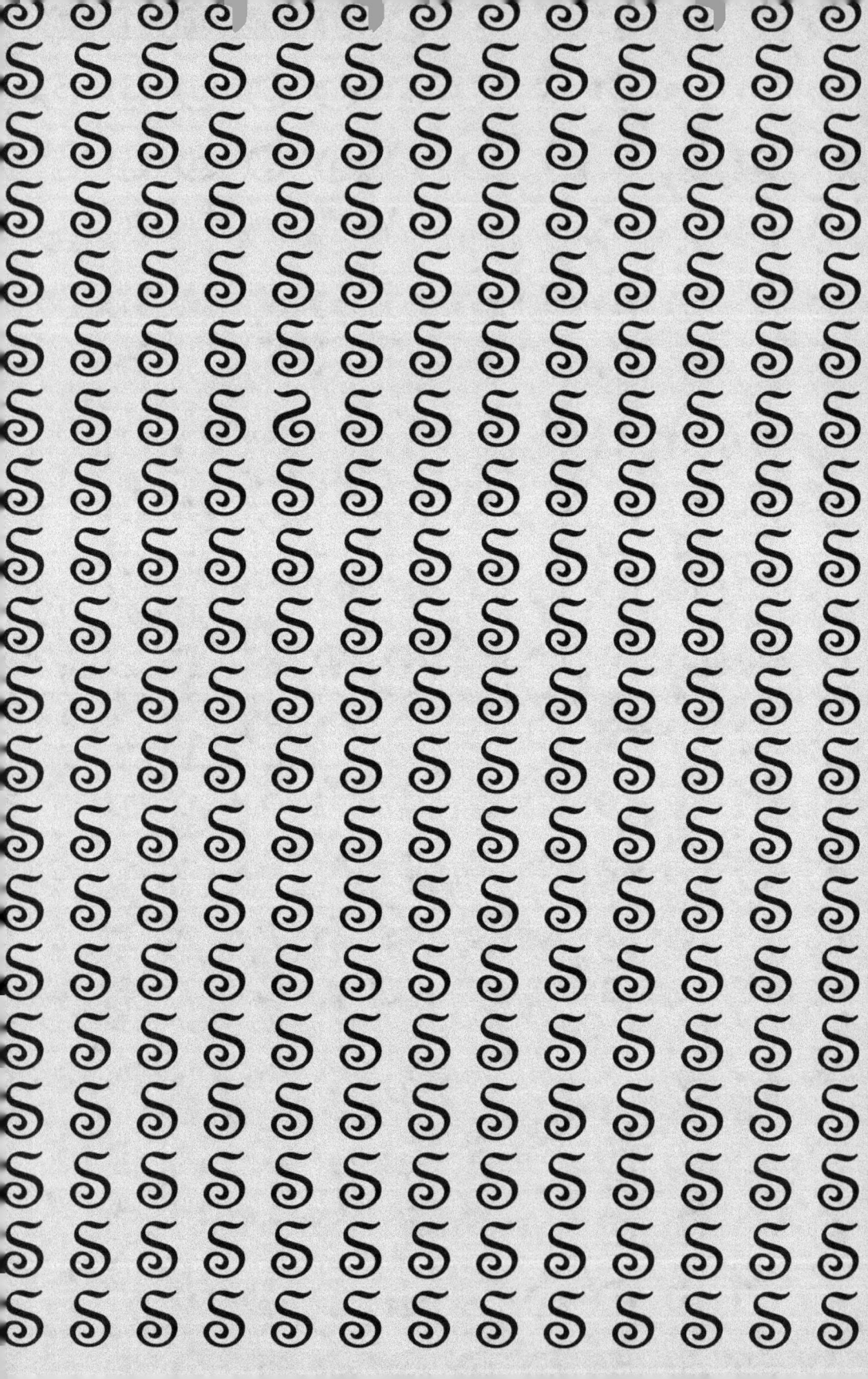

Parpadeos Vitales

Parpadeos Vitales

Eric Adolfo Soto Lavín

Editorial Segismundo

© Editorial Segismundo SpA, 2014-2021

Parpadeos Vitales
Eric Adolfo Soto Lavín
Colección Cuenteros al Sur del Mundo, **1**

Primera edición: Septiembre 2014
Versión: 2.6a
Copyright © 2014-2021 Eric Adolfo Soto Lavín

Contacto: Juan Carlos Barroux R. <jbarroux@segismundo.cl>
Edición de estilo: Juan Carlos Barroux Rojas
Diseño gráfico: Juan Carlos Barroux Rojas
Fotografía de portada: Susana Soto Lavín
Diseñador de la portada: Daniel Chehade Barroux

Registro Propiedad Intelectual N° 245.265
ISBN-13: 978-956-9544-02-6

Otras ediciones de
Parpadeos Vitales:

 Impreso en Chile
ISBN-13: 978-956-6029-53-3

 Tapa Dura – Amazon™, etc.
ISBN-13: 978-956-9544-03-3

 POD – Amazon™, EBM®, etc.
ISBN-13: 978-956-9544-02-6

 eBook – Kindle™, Nook™, Kobo™, etc.
ISBN-13: 978-956-9544-36-1

*«Dedicado a mis padres, Juan y Chela,
siempre los mejores».*

Prólogo

C ada uno de estos cuentos es un fragmento encapsulado de la realidad. A simple vista, si comenzamos a leer alguno de éstos, tal afirmación puede llegar a parecernos un poco extraña e inverosímil. Pero sin duda no lo es. La gestación de todos ellos ha sido motivada por la observación de un hecho real que, de una u otra forma, activó un *switch* en cierta parte de mi cerebro. Y tal efecto, no necesariamente ocurrido en el momento del hecho en particular, me permitió la generación de una nueva historia, quizá ambientada en otro tiempo y lugar o, porque no decirlo, en algún universo ficticio creado *ex profeso*. Y me bastó tan sólo atrapar una imagen inicial, desligarla de sus amarras terrenales, encapsularla, dejarla en estado latente, y concebirla una vez más desde un nuevo punto de vista. Eso es lo que asumo como inspiración. Y este impulso creador, cuya existencia muchos otros escritores se resisten a reconocer, se complementó entonces con un trabajo constante (aunque de hecho hay determinados cuentos que parecen escribirse solos gracias al empuje inicial), para darle una forma más o menos coherente a la nueva historia. Sumándole otros elementos, otras imágenes, reales o del mundo onírico o simplemente imaginadas; y también algunos pocos recursos literarios, nunca demasiados. En otras palabras, hacerla más digerible para el eventual lector. Por lo mismo, cada cuento es importante para mí. Porque, de una forma casi inefable, son una prolongación tentacular de mi existencia en cierto instante de mi vida. Entonces, describir esta compilación de cuentos es difícil, en especial si consideramos que éstos han sido escritos durante un lapso muy extenso y que, quizás por tal razón, no están relacionados entre sí. Y recalco que es una labor difícil porque, desde que recuerdo, siempre he pensado que cada cuento debe hablar por sí mismo. Esto es, leerlos sin ideas preconcebidas. Soñar, dejar que tu mente se abra a otras posibilidades que, *talvez*, nunca llegaste siquiera a considerar. Permitir que tu imaginación vuele cuando te identifiques, si es que lo haces, con el atribulado protagonista. Enfrentarte a un conflicto, nuevo o ya demasiado conocido, imaginarte a los personajes a tu propia pinta y las disyuntivas que puedan generarse en sus mentes y, por que no, cuestionar las decisiones que éstos han de tomar en un determinado instante. Presentar alternativas en paralelo que, en la eventualidad, puedan conducir a un final diferente que poco o nada se parezca al de la historia que tienes entre las manos. Todo es válido para el lector que en verdad se involucra, incluso aceptar todo sin cuestionarlo en absoluto. Además, cada cuento debe englobar parte de un universo, real o ficticio, con sus propias reglas; muchas de las cuales uno debe aceptar sin prejuicios que obnubilen nuestra visión y sin descartar, incluso, que éste pueda contraponerse al esbozado en la siguiente lectura o en otra digerida en forma previa. No estoy diciendo que cada cuento de esta compilación cumpla con todo lo anterior, pero deben aproximarse. Es lo que con humildad espero. Y, acaso lo más importante, es la impronta que cada uno de ellos pueda o no dejar en nuestra mente. En lengua vernácula: lo que sigue dando vueltas al interior de ésta al momento de leer la última palabra que, en definitiva, nunca será la última; y que nos permite determinar si hemos perdido o no el tiempo. Y, lo que a veces me resulta más sorprendente todavía, es que muchos lectores y críticos han visto cosas en mis cuentos que nunca he llegado siquiera a imaginar.

Eric Adolfo Soto Lavín
Puente Alto
2014

Parpadeos vitales[1]

De pronto, como el inesperado resplandor de un relámpago, emergente desde el Tártaro más profundo y absorbente que humano alguno pudiese quizá imaginar, *Umberto* comenzó a tomar conciencia del sitio donde se hallaba en aquel indefinido instante.

Poco a poco, sus ojos comenzaron a acostumbrarse a la oscuridad que en dicho momento lo rodeaba, para ir percibiendo algunas difusas y lejanas siluetas a través de la incierta penumbra. El silencio lo envolvía todo y ningún sonido, incluyendo el de su propia voz, era perceptible.

Algunos segundos más tarde, aunque la noción del tiempo aún constituía un factor ignorado por su rudimentario nivel de conciencia, sus extraños

---

[1] Este cuento obtuvo el tercer lugar en el V Festival Víctor Jara de Todas las Artes, diciembre de 1994.

recuerdos regresaron, uno tras otro, para atormentarlo y recordarle lo insignificante de su existencia dentro de su propio y particular universo. Junto a esto, segundo a segundo, su fuerza de voluntad se debilitaba cada vez con mayor prisa. No era primera vez que tal situación ocurría y, con gran seguridad, tampoco sería la última.

Casi de inmediato, *Umberto* sintió la imperiosa necesidad de acercarse hacia una de las paredes de su oscura e indefinida prisión. Luego, una fuerza extraña y poderosa lo obligó a permanecer en aquel sitio.

En seguida, un pequeño rectángulo luminoso de extraña opacidad se materializó ante sus curiosos y sensibles ojos. Al mismo tiempo, una luz mortecina y azulada iluminó parcialmente el interior de su habitación, mas *Umberto* no fue capaz de volver la vista para conocer con mayor detalle su ignoto medioambiente. Al parecer, su cuerpo no obedecía las órdenes que emanaban, con temblorosa y real angustia, desde su atormentado cerebro.

De repente, sin que su etérea razón lo intuyera ni mucho menos lo comprendiera, *Umberto* se encontró efectuando una serie de gestos incoherentes y absurdos frente al rectángulo luminoso que, sin desearlo, absorbía toda su atención y pensamientos.

—¡Cielo santo! —exclamó mentalmente con angustia, pero todavía sin comprender el significado real de tal expresión—. Aquella maldita obsesión retorna nuevamente y nada puedo hacer para evitarlo...

Durante algunos minutos, *Umberto* prosiguió con involuntario y ajeno accionar pues, sin fuerza de voluntad, era imposible reaccionar con mínimo grado de conciencia para evitarlo. No obstante, en breves y esporádicos destellos de lucidez, la situación se tornaba cada vez más tensa e insostenible. Era necesario actuar cuanto antes para escapar de aquel espantoso tormento, pero... ¿cuál sería la forma adecuada para proceder ante aquella insólita situación?

Era indudable que ninguna opción se presentaba en forma clara por el momento pero, de una u otra forma, tendría que enfrentarse a su inexorable y frío destino.

Luego, sus discontinuos pensamientos se interrumpieron en forma tan violenta como inexplicable. Aquella atosigadora obsesión de minutos previos lo abandonaba, y un ligero pero muy placentero sopor se adueñaba de su mente para sumergirlo, segundo tras segundo, en aquel habitual mundo de vida latente. En la eterna y triste espera de casi toda una vida, su propia vida.

Después de escuchar un ligero «crac», un pensamiento extraño se cruzó y detuvo en la mente de *Humberto* y, con reflejos casi felinos poco habituales en él, regresó de inmediato al cuarto de baño.

En seguida, activó el interruptor de luminosidad selectiva y transpuso el umbral. En esta singular ocasión, su corazonada había resultado completamente cierta.

—Esto es curiosamente extraño —se dijo en voz alta e inquisitiva mientras examinaba, mediante el sensible tacto de su diestra mano, aquella brillante pero desde ahora discontinua superficie—. Podría asegurar que esta grieta no estaba aquí cuando ingresé al cuarto de baño. ¿Qué pudo producirla?

Acto seguido, impulsado por la curiosidad inherente al género humano, acercó su rostro hasta la grieta y con gran dificultad observó a través de ella.

Y, en aquel preciso instante, *Umberto* contempló por vez primera su verdadero rostro y, preso de un estado de agitación extrema e incontrolable, concentró toda aquella ira, acumulada desde el inicio de su virtual existencia, hacia el frío y luminoso rectángulo.

Segundos más tarde, mientras el cuerpo de *Umberto* caía desplomado hacia su estado de inconsciencia habitual, el extraño rectángulo desapareció en forma tan brusca como éste, en un principio, se había materializado.

Con gran agilidad e indudable sorpresa, *Humberto* logró esquivar todos los fragmentos que se dispersaron frente a su rostro en forma peligrosamente aleatoria. Más tarde, pese al esfuerzo invertido en tal propósito, nunca logró formular una explicación racional y coherente, excepto la muy habitual y recurrente fatiga de material, respecto al extraño fenómeno que desintegró su antiguo y bien conservado espejo pero, como muchas otras cosas, aquel artefacto era perfectamente reemplazable e incluso, durante aquella misma tarde, un nuevo y reluciente espejo, ignorante del drama antes ahí ocurrido a su inmediato predecesor, ocupaba aquel pretérito y vital espacio.

Lejos de ahí, *Umberto* comprendía finalmente que, en su mundo bidimensional e intangible, los objetos visibles nunca pasarían de constituir difusas e inalcanzables siluetas. Y estaría por siempre obligado a esperar, en su involuntario e insensible letargo, hasta que *Humberto* lo necesitara *a su imagen y semejanza* para satisfacer su propia y egoísta vanidad.

Deseo inesperado

Durante aquella calurosa mañana, Paulina se había levantado algo más tarde que lo habitual.

Para la jornada festiva que recién comenzaba, su turno en el hospital se iniciaría al mediodía... tal como se había convenido al comienzo de la temporada estival. Además, según la tendencia observada durante las semanas previas, no habría demasiado ajetreo durante aquellos días.

Más tarde, después de preparar un suculento y nutritivo almuerzo-desayuno, una vez más comenzó a colocar todos sus pensamientos en orden. Sin embargo, de pronto escuchó el familiar sonido del timbre exterior a su apartamento. Muy intrigada por aquel matutino e imprevisto llamado, se dirigió hasta la puerta y, después de retirar algunos de los numerosos seguros ahí dispuestos, la abrió con mucha cautela, hasta donde la pequeña y resistente cadena de seguridad lo permitió.

—¿Sí? —preguntó.

—Correo privado —se identificó el inesperado visitante—. Traigo una encomienda para entrega urgente y personal. ¿Es usted..., eh..., Paulina Aguilar? —inquirió finalmente, después de observar el nombre del destinatario escrito en la hoja de despacho.

—Sí —asintió la joven, y de inmediato comenzó a retirar completamente la cadena de seguridad.

—Debe completar este formulario con sus datos y firmar al pie de la página —indicó la estafeta, al mismo instante que le entregaba el documento y un bolígrafo.

Segundos más tarde, después que ella devolvió el formulario completo y firmado, la estafeta le hizo entrega de una pequeña caja muy bien embalada.

—Gracias —dijo Paulina—. ¿Le debo algo?

—No —respondió su interlocutor—. El despacho a domicilio fue cancelado en forma íntegra por el remitente.

—Bien —asintió la joven, poco antes de cerrar la puerta—. Hasta luego, y muchas gracias.

—Hasta luego —se despidió la estafeta sin siquiera mirarla, después de guardar el formulario dentro de una carpeta y buscar la dirección para su próxima entrega, siempre dentro del mismo vecindario.

En aquel instante, como virtual reflejo condicionado, Paulina observó la hora que indicaba su pequeño reloj de pulsera.

—¡Demonios! ¡Once de la mañana! —exclamó enseguida, mientras dejaba la pequeña encomienda sobre una mesa de servicio, casi junto a la puerta de acceso principal.

Segundos más tarde, terminó de consumir su contundente refrigerio y salió con bastante prisa en dirección al hospital.

Afortunadamente para la joven, una de las estaciones del tren metropolitano se ubicaba a muy corta distancia de su apartamento, y aquel antiguo medio de transporte urbano aún constituía una indiscutible garantía de rapidez dentro de aquella congestionada y superpoblada metrópolis. No obstante, la regular carencia de aire fresco, sumada a esa habitual y pringosa humedad vaporosa al interior de los carros, era la gran desventaja en las horas de mayor demanda. Otro de los numerosos e interminables costos que debían pagarse a cambio de la cómoda y funcional vida dentro de la principal ciudad del país.

Con retrospectiva e insatisfecha curiosidad, mientras intentaba asimilar aquel tedioso e incómodo viaje, un pensamiento regresó a su mente.

Ni siquiera alcancé a leer quién era el remitente de aquella encomienda.

Minutos más tarde, poco antes de llegar hasta la estación de destino, Paulina aún seguía tan intrigada como al inicio del monótono y rutinario periplo.

¿Cuál será el contenido de aquel misterioso paquete? ¿Será algo importante o, tan sólo, algún nuevo tipo de propaganda?

Pero no halló una respuesta satisfactoria que la complaciera. Sólo podría especular, reflexionar, cambiar de opinión y seguir especulando.

Durante los últimos años se había popularizado en demasía el envío de propaganda a través del servicio de correos, público y privado. No obstante, Paulina no acostumbraba recibir este tipo de enganches publicitarios. En todo caso, según algunos, siempre existía una primera vez para todo.

No, se dijo algo más tarde, *es demasiado voluminoso. Debe ser otra cosa.*

El tren disminuía poco a poco su velocidad hasta detenerse por completo.

Bueno, Paulina, se dijo al momento de abandonar el carro, para ir en busca de una de las salidas de la estación, *tendrás poco más de un día para seguir intrigada.*

Después de apresurarse en el último tramo, era casi el filo de la hora cuando ingresó a las dependencias del hospital.

—¡Vaya! —exclamó al momento de firmar la planilla y registrar su hora de ingreso—. Todo bien hasta el momento. En todo caso —se cuestionó enseguida—, ¿valdrá la pena tanto sacrificio?

Desde ahí, la joven fue directamente hasta su casillero, ubicado en uno de los vestidores, para colocarse su atuendo habitual y entrar en funciones. A simple vista, parecía un día perfecto y completamente normal.

* * *

Al día siguiente, casi al término de su horario de trabajo, el balance general se presentaba bastante positivo. Las urgencias no habían sido demasiadas, y todas fueron atendidas casi en tiempo mínimo. Empero, una media hora antes de entregar el turno, llegaron dos carros asistenciales, junto a un vehículo particular y una patrulla policial, con los accidentados de una violenta colisión automovilística. Y éste sería el hecho fortuito que influiría, quizás en forma gravitante, sobre las futuras decisiones de la joven durante aquel día en particular.

Algo más tarde, pese al supremo esfuerzo desplegado por Paulina y el resto de los funcionarios que la asistieron en dicha contingencia, fue imposible salvarles la vida. Aquel no fue más que el cruel corolario a la impotencia de vivir dentro de un medio de recursos limitados que, de una u otra forma, acortaba la esperanza de vida de todos sus semejantes.

Siete personas, entre ellas cinco niños pequeños, no lograron salvar el escollo que se antepuso en su inexorable destino, gracias a la imprudencia de un conductor irresponsable que sólo atinó a darse a la fuga, escabullendo su directa responsabilidad cuando observó las consecuencias de su accionar. Indudablemente, este sería un amargo sabor que tardaría muchos días en disiparse desde la mente de la empática joven. El cansancio y la fatiga del momento, jugando siempre en su contra, ayudaron para que esta tragedia se magnificara en su apreciación personal. No obstante, como difícilmente tardaría en comprender, no estaba en sus manos evitar lo inevitable.

Cerca de una hora más tarde, después de comprar algunas provisiones en el supermercado más cercano a su domicilio, Paulina regresó a su hogar. Sin embargo, las últimas escenas vividas dentro de la sala de urgencias aún se repetían una y otra vez dentro de su mente. Sin duda, una ducha fría y un buen descanso le vendrían muy bien en aquel instante. Quizás lo justo y necesario para despejar su mente de aquellos confusos y crueles fantasmas incidentales de su profesión.

Después de ducharse, se preparó un vaso con leche fría y decidió recostarse durante un par de horas. Una pequeña y efectiva píldora para dormir la ayudaría a conciliar el sueño, dejando todas las preocupaciones fuera de su vida durante aquel efímero período de descanso, inducido química y fisiológicamente. Una situación artificial, pero muy cercana a la realidad pues, en aquellos tiempos, era casi imposible pretender algo más.

Unas tres o cuatro horas más tarde, Paulina despertó con un apetito muy feroz. Por lo mismo, procedió a desperezarse, contrayendo y estirando todos sus músculos con la presteza de un felino, y se levantó con prontitud.

Diez minutos más tarde, una pizza de tamaño familiar y muy bien condimentada adquiría la temperatura adecuada, gracias al práctico y eficiente horno de microondas, para derretir el queso y ser consumida casi de inmediato. De pronto, al retirar la pizza desde el horno para seccionar una porción adecuada al apetito de aquel instante, ella recordó el pequeño paquete que había dejado, poco antes del mediodía de la jornada anterior, sobre la pequeña mesa de servicio.

Casi en aquel mismo instante, poco después de cortar la pizza, decidió examinar la caja. Su peso era algo mayor que un kilogramo y el volumen ocupado era muy cercano a los dos litros. Siempre curiosa, procedió a buscar el nombre del remitente.

Es indudable que la curiosidad es una de las características ancestralmente inherentes a la especie humana, quizás la expresada siempre con mayor énfasis.

¿Wilhelm Pasternak?

La joven estaba asombrada.

Aquel nombre me parece muy familiar, pero... ¿de dónde?

Sin recordarlo por el momento, con mucha cautela y no menos delicadeza, procedió a retirar el resistente envoltorio y dejó al descubierto una sólida caja confeccionada en cartón piedra. Desde su interior, emergió un pequeño y muy atractivo cofre elaborado, al parecer, con madera de ébano y decorado con una multitud de delicadas incrustaciones metálicas, junto a una pequeña tarjeta de auténtico papel pergamino, a manera de sutil presentación.

«Para la joven más encantadora, sensata e inteligente que un día lejano conocí...», indicaba la tarjeta, sumada a las iniciales del desconocido remitente. Y todo escrito mediante una letra germánica muy estilizada sobre el amarillo pergamino.

Después de leer el mensaje, como es natural y comprensible, Paulina quedó mucho más intrigada que momentos previos.

Acto seguido, decidió abrir el pequeño cofre para indagar respecto a su contenido. Indudablemente, aquello la ayudaría a determinar el origen y propósito del mismo.

Al levantar la casi hermética tapa superior del cofre, desde su interior y gracias a la acción de un lento e ingenioso mecanismo de resorte, emergió una pequeña bailarina de porcelana. No existía la menor duda, aquella era algún tipo de caja musical, de indudable valor dada su fina y muy sofisticada manufactura.

En aquel preciso instante, una sensación de ternura afloró por todos sus poros en singular y envolvente sensación para, con gesto muy suave y delicado, colocar la pequeña caja sobre la mesa. Y tan sólo ocurría después de tocarla directamente. Indudablemente, se trataba de algún compuesto químico adosado a la superficie externa de la misma, *talvez* algún derivado del opio o algo similar; pero, por el momento, aquello sólo constituiría una simple conjetura. Pues mucho más interesante sería adjudicarle aquella sensación a la inherente naturaleza mística de aquel pequeño artefacto, aunque éste no fuese *en absoluto* el caso.

Estaba decidido. Después de ingerir la exquisita pizza que aguardaba humeante sobre la mesa, intentaría activarla. Empero, pese a los incesantes esfuerzos desplegados con tal propósito, todavía no recordaba quien era el desconocido Wilhelm Pasternak.

Algunos minutos más tarde, casi al mismo tiempo de ingerir el último sorbo de aquella tradicional infusión de hierbas aromáticas que ella acostumbraba beber como eficaz bajativo, recordó que Wilhelm Pasternak era el nombre de uno de los mejores amigos de su abuelo materno. Sí, debía ser él. Alguien a quien sólo vio en una oportunidad, y hace demasiado tiempo para recordarlo en forma clara.

Aquel había sido un hombre muy extraño e introvertido que, según sus precarios y difusos recuerdos, dedicaba casi todo su tiempo disponible al estudio y eventual ejercicio de algunas ciencias consideradas no canónicas por el grueso de la comunidad científica y que ella, en esos lejanos años de infancia y aún ahora, sería incapaz de comprender en toda su extensión.

Aunque en forma bastante difusa, ahora sabía quien era el misterioso remitente de aquel interesante mecanismo.

¿Quién más podría ser si no él?

Al parecer, bajo ningún punto de vista, la nota encontrada junto al obsequio sería un mensaje intimidatorio u ofensivo. Su objetivo había sido, casi sin lugar a dudas, brindarle una determinada confianza a la joven favorecida con tan peculiar presente.

No obstante, en ningún sitio encontró la dirección del remitente ni la fecha de envío. Tampoco descubrió el nombre, mediante algún timbre conocido, de la empresa de correo privado que había despachado aquel presente tan particular. Resumiendo, eran demasiadas las interrogantes todavía sin respuestas. Lo único realmente tangible y cierto lo constituía la pequeña caja musical que, desde aquel preciso instante, le pertenecía sólo a ella.

Tal como la joven descubrió en muy pocos segundos, el pequeño artilugio musical disponía de varias melodías diferentes para seleccionar. Siete, para ser más preciso. Además, era posible concatenarlas en forma estrictamente secuencial, de acuerdo al orden que uno deseara en determinado momento. También disponía de un ingenioso mecanismo de cuerda automática. Por lo tanto, en sí mismo y bajo cualquier punto de vista, aquel constituía un ingenio realmente fascinante y único en su especie.

Minutos más tarde, Paulina se dedicó a programar la pequeña caja utilizando varias secuencias diferentes para tal propósito. Las posibles combinaciones eran demasiado numerosas para tenerlas siempre en cuenta. No obstante, como efecto antagónico al percibido en primera instancia al tocar la caja, una curiosa y singular inquietud cruzó ahora por su mente.

Es extraño, se dijo en algún instante, *pero estas secuencias que he programado hasta ahora..., sí..., dejan un inquietante vacío en mi interior.*

Por lo mismo, anotándolas desde aquel momento sobre un papel, siguió probando otras combinaciones según un patrón más sistemático. Sin embargo, cada vez con mayor frenesí, una sensación de inmensurable angustia se adhería a su espíritu. Además, en forma simultánea, una continua y creciente obsesión por definir nuevas combinaciones factibles la invadió por completo.

De pronto, al ensayar una secuencia muy bien determinada, que en algo le recordó la sucesión de Fibonacci, ocurrió algo diferente cuando la diminuta y graciosa bailarina concluyó su estilizada danza, junto a los últimos acordes de la secuencia seleccionada.

Desde los cuatro vértices de la caja, emergieron sendos proyectores de luz holográfica que, casi de inmediato, se activaron en convergencia hacia un punto situado sobre la parte central-superior de la misma. Enseguida, comenzó a materializarse el rostro de un extraño ser en su particular e indefinida apariencia.

Algunos breves instantes más tarde, abrió sus ojos para observar a Paulina en forma plenamente consciente e intencional.

—¿Cuál es tu nombre..., *humana*? —preguntó aquella extraña entidad holográfica, con voz profunda y monocorde.

—¿Mi nombre? —preguntó la joven.

Como primera y normal impresión frente a un fenómeno de tan extraordinaria naturaleza como el presenciado por la muchacha, casi no resulta necesario mencionar que ella tardó varios segundos de intangible eternidad para digerir, aunque sólo en su mínima parte, los hechos que ante su única y sorprendida presencia se manifestaron durante aquellos tensos minutos, quizás en forma demasiado fluida y natural para ser totalmente ciertos.

Era necesario y quizás imprescindible no precipitarse en aquel delicado y conflictivo instante para emitir, con real y racional seguridad, una respuesta lógica y coherente. Sin embargo, para la joven resultó muy difícil abstraerse de aquella extraña y envolvente atmósfera onírica, creada instantes previos al clímax del fenómeno, para discernir con mayor frialdad y claridad respecto al mismo, sumado a todas sus posibles e ignoradas implicaciones futuras.

En aquel preciso instante, como en innumerables ocasiones que a diario se presentan en nuestro particular horizonte, el tiempo se convirtió en un factor tan escaso como vital e invaluable.

—Mi nombre es Paulina, Paulina Aguilar —respondió la muchacha, con relativa y aparente tranquilidad si consideramos una conducta normal frente a tan inusual fenómeno.

El rostro holográfico pareció meditar, si aquello hubiese sido realmente posible.

—¿Quién eres tú? —inquirió Paulina algunos segundos más tarde, quizás en simple afán de comprender y asimilar los hechos sin dejar demasiados cabos sueltos.

—Soy la intangible e inmortal imagen de Gorgon-Dargh —respondió el extraño holograma—. Eterno benefactor y virtual poseedor de todos los sueños e ilusiones inconclusas, y de los deseos largamente por muchos anhelados pero nunca, *ni siquiera en efímera instancia,* por completo conquistados.

—¿Qué eres en realidad? —preguntó la joven, con natural e insaciable curiosidad.

—Soy lo que siempre he sido... —respondió Gorgon-Dargh con prontitud—, y lo que siempre seré...

—No entiendo mucho tu evasivo acertijo —aclaró Paulina, algo molesta por la curiosa respuesta obtenida.

—No es necesario que entiendas a la perfección todo lo que ves y escuchas, *humana* —indicó Gorgon-Dargh—. Sólo debes limitarte a cumplir lo ancestralmente estipulado. Nada más te debe importar por ahora.

—¿Y qué es lo ancestralmente estipulado? —inquirió Paulina con cierto temor frente a lo manifestado ante su presencia. No era necesario ser demasiado intuitiva para percatarse que en aquel asunto podría existir algún felino encerrado.

—Debes formular los tres deseos más anhelados por tu persona —respondió Gorgon-Dargh, con la extraña frialdad inherente a su voz—, para que yo, en mi *casi* infinito poder, los convierta en una realidad tangible y asequible para tu limitada existencia.

—¿Tres deseos? —preguntó Paulina, con cierta incredulidad en el tono de su voz—. ¿Cómo en los cuentos infantiles?

—Es lo que he dicho con palabras más ciertas que mi virtual existencia —manifestó Gorgon-Dargh, con reiterativo y singular énfasis.

En aquel instante, la joven recordó muchas de las leyendas e historias que hacían extensa gala de situaciones similares. Muchas de aquellas sólo pertenecían a la fértil imaginación de quienes, en momentos de relativa e ingenua inspiración, las crearon con el único afán de entretener y distraer la mente de sus futuros e incautos lectores. No obstante, pese a cualquier tipo de predicción o especulación, ella se encontraba frente a un evento tan real como su propia y humana existencia.

—¿Cuál es el precio que debo pagar por la concreción de aquellos tres deseos? —inquirió la joven, con verdadera expectación ante alguna posible respuesta inesperada e inadmisible.

Era demasiado evidente que, dentro de un ambiente intrínsecamente materialista como el imperante en los tiempos de Paulina Aguilar, nada era gratis como simple efecto de una causa benévola y desinteresada. Toda acción o servicio, en forma necesaria e inherente a la propia concepción de una sociedad cuyos engranes maestros funcionaban casi a la perfección dentro de lo factible, debía poseer un precio muy bien determinado. Aquella era una sociedad de consumo, global y desmedida. Por lo mismo, los nobles ideales altruistas, los mismos que impulsaban el desarrollo de cada pequeña sociedad en sus inicios, siempre terminaban convirtiéndose en una característica del anquilosado y obsoleto pasado. Conceptos quizás demasiado anticuados, en tiempo y conducta, para ser considerados como una posible alternativa lógica y funcional.

—Que actúes con verdadera y transparente sabiduría —respondió la entidad después de algunos segundos—. En todas las acciones que a futuro emprendas...

—¿Sólo eso? —preguntó Paulina, no demasiado convencida al no conocer el verdadero propósito para la existencia de semejante entidad.

—No —contestó Gorgon-Dargh, al mismo instante que la joven lo observaba con relativa suspicacia—. Cuando el tercer deseo que solicites se convierta en realidad... —agregó enseguida, como eventual respuesta a la curiosidad de la joven—, debes buscar a otra persona, con datos y señales, que merezca en propia virtud sus tres deseos como una tangible y definitiva realidad. Alguien digno, honesto y sensato.

—¿Por qué? —inquirió Paulina.

—Es de vital importancia, para el futuro de toda especie inteligente —aseguró Gorgon-Dargh con prontitud—, mantener la continuidad temporal para cada deseo o sueño virtualmente anhelado. Además, con tu acción y otras posteriores, mi existencia seguirá prolongándose en forma indefinida —Y concluyó—. Aquel es el real y único sentido para mi etérea existencia...

—¿Te alimentas de los sueños, eh?

La imagen de Gorgon-Dargh permaneció inmutable.

Parece razonable, pensó Paulina, dejando de lado gran parte de su pretérito escepticismo y predisposición. *Además, la veracidad de sus palabras se manifestará por sí misma. Nada se pierde con probar.*

Segundos más tarde, aunque la ambición no formaba parte de las características dominantes dentro de su esquema de personalidad, la joven comenzó a registrar su mente para ir en busca de lo más secretamente anhelado por su ego. En concreto, dada su extraña gestación y posterior evolución, se trataba sólo de una situación imprevista que ella debía resolver con prontitud. Así había sido *programada* en su educación superior.

De pronto, en forma tan inesperada como impactante, reaparecieron las imágenes de la situación ocurrida horas previas en el hospital. Aquellas que la habían afectado en forma tan intensa y angustiante. Ahora, en sus palabras, estaba la real e inesperada solución al eterno y recursivo problema que desde siempre había limitado al ser humano como especie de vida breve y fugaz. En simple apariencia, quizás como un instantáneo sueño, pensó una vez más que nada perdería con intentarlo.

Además, en caso que la habilidad especulada por la enigmática entidad fuese cierta y efectiva, el beneficio para toda la humanidad sería inmensurable.

—¡Gorgon-Dargh! —dijo la joven, agregando enseguida con aire resuelto y definitivo—. Decidí cual será mi primer deseo.

—¿Cuál es tu primer deseo, *humana*? —inquirió la entidad con voz expectante.

—Deseo…, sí, deseo erradicar la muerte sobre la faz de este planeta —solicitó Paulina con firme convicción—. ¡Ahora mismo!

—¡Tu primer deseo será cumplido de inmediato! —respondió el enigmático Gorgon-Dargh.

Acto seguido, un ligero remezón se percibió a flor de tierra casi al mismo instante que una profunda e inesperada oscuridad apareció fugazmente en el exterior, quizás como esporádico e inexplicable eclipse, adornada de aleatorias y multicolores descargas eléctricas. Sin embargo, algunos segundos más tarde, todo se vislumbraba normal en apariencia.

La imagen de Gorgon-Dargh se esfumó en forma brusca. Desde ahora, el deseo de Paulina *talvez* era una realidad.

La joven, aún bastante tensa por los sucesos previos, sintió su piel algo húmeda y dilatada. Por lo mismo, decidió escuchar algo de música en su natural búsqueda de tranquilidad y relajación. No obstante, después de efectuar varios intentos, no obtuvo los resultados que deseaba.

Quizás un paseo por el parque sea la distracción que necesito en este momento.

Minutos más tarde, después de cambiar su indumentaria dominguera por una tenida más deportiva, salió al exterior con la clara y única intención de respirar un poco de aire fresco en el parque más cercano y, de esta forma, despejar por completo su mente. Habitualmente, en momentos de preocupación y conflictos, ella acostumbraba pasear dentro de los límites del extenso parque. Sin duda alguna, una medida sana y tranquilizadora, digna de ser considerada en todo momento.

Cerca de una hora más tarde, indudablemente con su mente mucho más tranquila y relajada, la joven regresó hasta su hogar, pero acompañada de un gran apetito que hasta dicho instante había logrado contener con relativo éxito. Sin embargo, muy pronto, quizás mucho antes de lo esperado en forma inicial, se desquitaría con el resto de la pizza que en forma impaciente la esperaba a su regreso inmersa en la frialdad del refrigerador.

Más tarde, absolutamente desentendida de la cajita musical, la joven comenzó a colocar algunas cosas en orden dentro de su apartamento e invirtió el resto de la tarde observando, de su amplia y variada colección personal, algunas películas en su equipo de cine. No era necesario ser un gran clarividente para adivinar que, como en sus mejores tiempos de grandeza y fastuosidad, la programación televisiva se presentaba, una vez más durante aquella singular tarde, como el mejor compendio de estupidez, farsantería y falsos ideales. Por lo tanto, su decisión había sido la más acertada.

Después de observar una o dos películas de bastante acción y efectos especiales, Paulina decidió que era el momento adecuado para irse a dormir pues el siguiente día marcaba el inicio de una nueva semana laboral. Y éste había sido un nuevo fin de semana que no había alcanzado a disfrutarse en perfecta completitud. Una realidad cada vez más frecuente dentro del perfecto modelo para una sociedad moderna y funcional.

Aún me restan dos deseos… —se dijo la joven antes de dormirse profundamente—, *y es algo que debo pensar muy bien antes de proceder y solicitarlos a Gorgon-Dargh.*

—Buenas noches, Gorgon-Dargh —dijo la joven, y casi de inmediato se quedó dormida.

* * *

El siguiente día comenzó con la acostumbrada rutina de cada lunes. Levantarse, ducharse, desayunar (si alcanzaba) y salir desde su hogar con mucha rapidez para llegar lo antes posible hasta el hospital. Aquella era una rutina que Paulina conocía muy bien, pero así era la continua y atosigante realidad para una infinidad de personas dentro de la antigua gran urbe. Una forma de vida acelerada que culminaba, poco a poco, automatizando a cada uno de sus innumerables y grises habitantes.

Después de ingresar a la estación del tren metropolitano habitual y llegar hasta el andén apropiado, ella observó una cantidad realmente impresionante de personas que pretendían abordar alguno de los carros del tren que, en ese preciso instante, se detenía frente a ellos. Aquel era un impenetrable mar humano que, pese a su esforzado intento, le fue imposible traspasar. De esta forma, la joven se vio obligada a esperar la llegada del tercer tren para iniciar, de una vez por todas, el viaje hacia su fuente de trabajo. Al principio se preocupó sobremanera al observar demasiada gente, pero después se tranquilizó al recordar que tal situación constituía un hecho habitual durante la mañana de cada lunes... el día siempre menos esperado de cada semana.

Por fortuna para ella, su estación de destino era la de mayor egreso de pasajeros. Por lo tanto, en esta ocasión sólo se dejaría llevar por la compacta masa humana que usualmente arrastraba, inclusive, a muchas personas que no deseaban desembarcar en dicho sitio. Una situación bastante desagradable que, excepto por algún esporádico manoseo, no incomodó en demasía a la joven.

Gracias a los habituales contratiempos en cada mañana de un día laboral, esta vez la joven Paulina llegó unos quince minutos más tarde que su horario de ingreso. En todo caso, un atraso de esa magnitud no revestía mayor importancia dentro de una excelente hoja de conducta y puntualidad. Empero, siempre era necesario cuidarse de aquellos sádicos oportunistas que, tras las finas sombras de lo intangible y dentro de todas las esferas, están siempre al acecho y dispuestos para aprovecharse de cualquier falencia en la conducta habitual de sus semejantes, por fugaz e insignificante que ésta fuese, para algún propósito tan egoísta como ruin. Aquello era algo que ella siempre tenía muy presente y, por lo mismo, no deseaba descuidarse en lo más mínimo.

Segundos más tarde, mientras procedía a colocarse su atuendo en la sala de vestidores, escuchó la voz de una colega que en ese instante concluía su turno.

— ¿Te enteraste de la espantosa noticia?

— ¿Noticia? — se extrañó Paulina —. ¿Cuál noticia?

— Aquella del tren que embistió y aplastó a un autobús interprovincial — respondió Verónica…

—¿Qué sucedió después? —inquirió Paulina, con ansiedad casi incontrolable.

—Todos los pasajeros del vehículo fueron triturados por los hierros candentes y lacerantes de la máquina embestida pero, lo más sorprendente de todo —agregó en seguida la joven informante, aún con mayor énfasis que indudablemente realzaría la parte increíble y morbosa de su personal relato—, es que ninguna de las víctimas, pese a la extrema gravedad de sus heridas, falleció.

—¡No! —exclamó Paulina, mientras intentaba aferrarse a la puerta de su casillero—. ¡No puede estar sucediendo aquello!

Verónica la miró con extrañeza. Y ella sentía como su cuerpo se hundía irremediablemente en el abismo de la angustia extrema donde unos voraces dientes, surgidos de la nada a su alrededor, comenzaban poco a poco a masticarla.

—¡Dime que todo aquello no puede ser cierto! —imploró Paulina enseguida—. ¡Por favor! ¡Dímelo!

Verónica no respondió ante aquel ruego pero, todavía demasiado entusiasmada por los recientes hechos, continuó con su febril y morboso relato.

—Ahora se encuentran en una de las salas para urgencias, con los huesos astillados y triturados. Literalmente, están *hechos bolsa*. E incluso las excesivas dosis de calmantes suministrados, morfina al por mayor, no han sido suficiente estímulo para atenuar, en lo más mínimo, sus dolores y…

En ese instante, al no desear escuchar más detalles, Paulina salió como una virtual exhalación en dirección a su apartamento. Ella conocía muy bien la causa exacta de aquella espantosa realidad y, por lo mismo, deseaba ponerle fin lo antes posible. No obstante, en su acelerado regreso al hogar, no advirtió que muchos de los grandes titulares de los periódicos matutinos, en su habitual rol de pasquines sedientos de tragedias y de sangre, según la experimentada opinión de algunos expertos versados en el tema, aludían a situaciones similares en todo lo ancho y largo del orbe, quizás con el único objetivo de aumentar sus discretas circulaciones.

Idéntica situación ocurría en los habituales mataderos, donde usualmente se *beneficia* a los desdichados animales que, más tarde y de una u otra forma, nos acompañan a la hora de nuestras comidas. En todos ellos se presenciaba un hecho extraordinario dadas sus impactantes consecuencias. Y para nadie era ya un secreto el nulo respeto por la vida de dichos animales, y la crueldad de los matarifes al momento de sacrificarlos.

Empero, contradiciendo la especulación anticipada que algún ente de naturaleza pesimista pudiese pronosticar a esas alturas, Paulina no sufrió percance alguno que le impidiera llegar a salvo hasta su apartamento para revertir la problemática actual. Quizás su destino no consistía en permanecer por siempre en el doloroso umbral entre la vida y la muerte, como una irónica víctima adicional, gracias a su ocasional falta de visión y perspectiva futura.

Con inusual rapidez, Paulina ingresó a su hogar y de inmediato se dirigió en busca de la pequeña caja musical que aún permanecía sobre la mesa. Acto seguido, sin perder una fracción de segundo, programó una secuencia idéntica a la última escuchada y esperó...

Después de unos cuatro o cinco minutos, que para la joven parecieron verdaderos milenios, la bailarina concluía su danza y daba paso a la posterior proyección del rostro de Gorgon-Dargh, aquella extraña entidad, dueña de poderes *casi* inmensurables, que ella había descubierto en fortuita instancia durante el día anterior.

—¿Qué deseas, *Paulina Aguilar*? —preguntó la imagen proyectada, con su impasible voz habitual.

La entidad había cambiado su forma de tratarla, quizás debido a la impronta que ella había dejado al solicitar su primer deseo.

—¡Quiero que anules mi deseo anterior! —respondió la joven, con firmeza y resolución—. ¡De inmediato!

—Aquello no es tan rápido como tu primer deseo —objetó Gorgon-Dargh—. Siempre es más fácil destruir que construir.

—No quiero excusas —dijo Paulina con disgusto y, todavía jadeante, agregó—. Sólo deseo que anules mi deseo anterior. ¡Y de inmediato!

—Para anular tu deseo anterior, *Paulina Aguilar* —indicó Gorgon-Dargh—, es necesario crear una entidad poderosa, quizás la más poderosa de todas, con los peculiares atributos que eso implica. No es una labor fácil ni mucho menos instantánea —agregó.

—¿Cuánto tiempo? —inquirió la joven, al enterarse de la real dificultad para su petición.

—Siete días exactos —respondió Gorgon-Dargh con firmeza—, para que la *Muerte* vuelva a ser lo que un día fue.

—¡Demasiado tiempo! —concluyó Paulina—. No es posible, bajo ningún punto de vista, esperar tanto. De alguna forma debemos detener el permanente y adicional sufrimiento de aquellos eternos moribundos.

—Existe una opción transitoria —reveló Gorgon-Dargh—, pero ésta requiere del sacrificio temporal y voluntario de algún ser dotado de mínima inteligencia.

—¿Cómo es eso? —inquirió Paulina, con una pequeña luz de esperanza en el oscuro y tenebroso horizonte.

—El importante y trascendente sitial asignado a la *Muerte*, desde tiempo inmemorial y hasta poco antes de su total destrucción —comenzó Gorgon-Dargh—, puede ser ocupado *en forma momentánea* por alguna otra forma de vida inteligente que, por un corto período de siete días, sea capaz de cumplir con su labor en forma consciente y eficaz.

Quizás sea la única forma por ahora, se dijo Paulina, *para atenuar el sufrimiento de tanta gente que no debería permanecer más tiempo con vida.*

De acuerdo a tal pensamiento, ella tomó una decisión... la más importante de su vida. Sólo sería una semana cumpliendo un desagradable rol que no le correspondía en absoluto y, desde ahí, todo volvería a su tradicional normalidad.

—Deseo que me conviertas en la *Muerte* —ordenó Paulina, sin dudarlo un instante.

—Tu segundo deseo será cumplido de inmediato —asintió Gorgon-Dargh.

En aquel instante, el cuerpo de Paulina comenzó a transformarse segundo tras segundo en la clásica alegoría de la *Muerte*. Su belleza de joven mujer se desvaneció por completo, dando lugar a una esquelética y desdentada silueta cubierta tan sólo con delgados restos de piel reseca y mal curtida, bajo una oscura túnica de indefinido color y textura.

Pese a la natural y comprensible sensación de repulsión que le significó aquel cambio, ella lo asumió en forma responsable como algo necesario e imprescindible.

Además, de acuerdo a su estricto código de ética personal, era indiscutible que gran parte de la responsabilidad era suya. Eso lo tenía demasiado claro en aquel momento y, por lo mismo, se transformó en un factor gravitante al momento de tomar tan importante decisión.

Desde aquel instante, para Paulina fue una experiencia muy extraña sentirse presente en varios lugares en forma simultánea, visitando una y otra tragedia —sin el poder necesario para evitarlas ni prevenirlas — para culminar envolviendo, con su hálito sofocante e ineludible, a inocentes y verdugos, sin distinción alguna. Ella no era juez ni parte en dichos eventos, nunca podría serlo. No obstante, con su necesario y continuo accionar, liberaba de sufrimientos adicionales a muchos moribundos que, en su fuero más íntimo, así lo comprendían al exteriorizar su último agonizante estertor.

Aquella fue una triste y no menos agradable tarea, pero muy necesaria al justificar la efímera existencia de cada ser viviente sobre la faz del planeta Tierra, dejando en evidencia, una vez más, que no siempre nuestras acciones obtienen el resultado que inicialmente esperamos.

* * *

Después de los casi interminables siete días, Paulina Aguilar, bajo la virtual apariencia de la *Muerte* en su dolorosa y temible forma corpórea, regresó hasta su pretérito y siempre anhelado hogar. En dicho lugar, una fina película de polvo cubría todos y cada uno de los muebles, evidenciando un abandono de varios días.

En aquel instante se cumplía el plazo estipulado en principio por Gorgon-Dargh y ella, después de una agotadora semana de intensa y nunca envidiable labor, deseaba retornar cuanto antes a su cuerpo original para, de una vez por todas, reasumir su habitual puesto dentro de la sociedad que siempre la albergó.

Con sus huesudas y sarmentosas manos, la *Muerte* accionó el pequeño ingenio electromecánico, pese al intenso dolor que le significaba utilizar sus desgastadas e inútiles articulaciones, con las melodías en la secuencia apropiada para su personal y único propósito.

Algunos minutos más tarde, una pequeña imagen vaporosa se materializó frente a su vista, en la intangibilidad de sus propios pensamientos esenciales.

—¿Quién se atreve a perturbar mi eterno sueño? —preguntó la imagen de Gorgon-Dargh, con voz profunda y acompasada.

Bajo la corpórea apariencia de la *Muerte*, Paulina percibía todo su entorno con diferente sensibilidad. De esta forma, la voz de Gorgon-Dargh le pareció más inhumana y estridente. Del mismo modo, su imagen la percibió todavía mucho más gélida e impersonal. Incluso demasiado angulosa.

Además, siempre bajo su presente apariencia, las inclemencias del tiempo la afectaban con mayor intensidad en su frágil y artrítica estructura ósea.

—Soy Paulina Aguilar —respondió con prontitud la *Muerte*, con la monocorde e inexpresiva voz procedente desde lo más profundo de sus frías entrañas—, y he regresado para que me retornes a mi antigua y preciada forma corpórea.

—Lo siento, *Muerte* —respondió la imagen holográfica, sin cambiar en absoluto el tono de su voz ni la gélida expresión facial—. Aún queda pendiente uno de los deseos asignados a Paulina Aguilar —agregó—... Cuando ella retorne y haga efectivo su tercer y último deseo, podrás solicitar los tuyos. No antes.

—¡Yo soy Paulina Aguilar! —exclamó la *Muerte*—. ¡Debes restituirme a mi propio cuerpo! —imploró a continuación, con desesperación casi incontenible por su frágil y exigua apariencia.

—Estás muy equivocada —respondió Gorgon-Dargh—. ¡Tú eres la *Muerte*...! ¡Te conozco muy bien! ¡Debes esperar tu propio y único turno!

Acto seguido, la imagen tridimensional se desvaneció por completo y, con gran seguridad, para siempre.

Desde aquel momento, la *Muerte* quedó contemplando su entorno con la mirada ausente. La oscura y repulsiva profundidad de sus cuencas vacías era fiel testimonio de la situación que la afectaba desde ahora. Existe mucha diferencia, demasiada algunas veces, entre lo deseado y lo realmente factible.

Por lo mismo, como fiel reflejo de una situación jamás anhelada, la *Muerte* enfrentaba su inexorable y único destino, por el resto de la eternidad.

Encuentros fugaces

Dedicado a Ray Bradbury.

*A*quella calurosa tarde de otoño se vislumbraba bastante despejada y, aunque parezca extraño en nuestros días, la densidad de partículas en suspensión era increíblemente baja. Por lo mismo, aquello permitía apreciar casi sin obstáculos la majestuosidad de los imponentes macizos cordilleranos con el pleno e inolvidable esplendor habitual para nuestros antepasados.

Con la prisa acostumbrada en días hábiles, mucha gente transitaba emulando laboriosos e inquietos insectos en rutinaria y frenética faena dentro de los límites de su colmena, dándole al mismo tiempo vida a la populosa urbe.

— ¿Qué tal, Greg? — preguntó un individuo gris y desconocido, mientras bajaba hacia los andenes subterráneos del concurrido tren metropolitano, utilizando una escala mecánica dispuesta en forma paralela a la utilizada por Greg para emerger en medio del principal paseo peatonal de la ciudad.

Como eventual respuesta, dado lo imprevisto del breve encuentro y lo inadecuado del sitio de contacto, Greg se limitó a esbozar una cordial y sincera sonrisa. Sin duda, no hubo tiempo para algo más, como a menudo ocurre cuando vislumbramos algún conocido dentro del cotidiano ajetreo de la gran urbe capitalina. No obstante, después de observar la esperada reacción de Greg, el gris desconocido prosiguió con su inercial rumbo y la pequeña satisfacción de saludar a un antiguo amigo de juventud. En cambio, con la mirada baja y sin cuestionarse respecto a la identidad del sujeto desconocido, Greg continuó con su cansino y casi distraído caminar.

Algunos metros más adelante y unos quince segundos más tarde, Eugenio se preparaba para un inminente encuentro con Marcelo, un ex compañero de trabajo en los antiguos tiempos de la última y angustiosa recesión económica.

—¡Marcelo! —exclamó Eugenio con espontáneo y no menos vistoso ademán.

Dado lo efusivo de su coloquial proceder, Marcelo levantó la vista y respondió al saludo, tal como las buenas costumbres siempre lo indican y sugieren.

—¿Qué tal? ¿Cómo estás? —preguntó Marcelo, quizás algo desconcertado por aquel imprevisto encuentro.

—¿Me recuerdas? —inquirió Eugenio, al notar la inquisitiva reacción de Marcelo—. ¡Soy Eugenio! —indicó en seguida, con histriónico ademán digno de un antiguo y obsoleto político en busca de votos para su dudosa causa.

—Por supuesto, Eugenio —respondió Marcelo, cambiando la expresión en su rostro—. ¿Cómo crees que podría olvidarte así de pronto?

Enseguida, después que ambos estrecharon sus diestras manos, Eugenio propinó un fuerte abrazo a su amigo y colega. Sin duda, como resultó evidente casi desde un principio, fueron muchos los años transcurridos, quizás demasiados para no recordarlos, sin mantener un mínimo contacto entre ambos.

—¡Vamos! Te invito un café —propuso Eugenio, y agregó de inmediato—, *donde tú ya sabes...*

—Bueno, acepto —asintió Marcelo y ambos, después de charlar algunas trivialidades e irrelevancias, dirigieron sus pasos hacia un conocido Café situado a tan sólo una media cuadra de distancia.

Después de atisbar hacia el interior del pequeño local y cerciorarse de la existencia del suficiente espacio disponible dentro del concurrido establecimiento, Eugenio efectuó un claro gesto de cortesía para indicar a su amigo que ingresara en primer lugar.

—Dos capuchinos —solicitó Eugenio, dirigiéndose a la cajera que, con la rapidez y displicencia acostumbrada, entregó los comprobantes respectivos.

—Como bien puedes ver —comentó Eugenio—, todavía no olvido tus gustos... ¿Estoy en lo cierto?

—Realmente —asintió Marcelo—, tu excelente memoria nunca dejó de sorprenderme, en especial —agregó—, en lo referente a situaciones de índole doméstica.

Como eventual respuesta, Eugenio emitió una sonora carcajada que debió incomodar a más de algún apático parroquiano ahí presente. Empero, como muchos de los asistentes deseaban mantenerse ocultos tras el manto del anonimato en sitios demasiado concurridos, nadie manifestó su molestia en forma evidente y directa.

—Ubiquémonos aquí —indicó Eugenio, siempre tomando la iniciativa—, frente a la máquina.

—Por supuesto, como tú prefieras —asintió Marcelo con prontitud—. Éste es el mejor sitio para conversar y observar...

Una vez más, como siempre fue su costumbre, Eugenio se permitió llevar los hilos de la conversación y, en los breves cinco minutos que suele durar un café, preguntas y respuestas fluyeron en uno y otro sentido.

Minutos más tarde, luego de regresar hasta el efervescente bullicio urbano y estrecharse las manos por segunda y última vez, cada uno resolvió proseguir con su interrumpida rutina de minutos previos.

A muy pocos pasos de ahí, antes que alguien demasiado intuitivo aún lo sospechara, ocurrió un nuevo encuentro de los miles que a diario ocurren hasta en los sitios más recónditos y apartados de la ciudad.

—¡Bárbara! —exclamó Carolina, olvidando cualquier atisbo de posible recato antes siempre manifestado por ella cuando se desplazaba a través de la vía pública—. ¡Tanto tiempo sin noticias tuyas!

—Hola —respondió Bárbara con prontitud—. ¿Cómo estás?

—Bien, muy bien —contestó Carolina mientras Bárbara aguzó al máximo su empático sentido de la percepción en busca de algunos detalles—. ¿Y a ti? ¿Cómo te ha tratado la vida?

—No puedo quejarme —respondió Bárbara con sinceridad—, en este último tiempo todo me ha salido bien.

Bárbara tenía razón. Todo en su vida había cambiado de perspectiva desde aquel preciso instante en que fue víctima de aquel extraño e inexplicable desvanecimiento. Un cambio radical en todos los aspectos del diario vivir y en su interacción con el resto de sus semejantes.

—Estoy casi segura que no creerás lo que digo —confidenció Carolina, acercándose hacia Bárbara—, pero sólo hace un par de minutos estaba pensando en ti y en la última vez que nos juntamos a conversar... ¿Me crees?

—Por supuesto —respondió Bárbara al mismo instante de esbozar una tenue sonrisa—, y me halagas con tu sinceridad.

—¿Sabes? —preguntó Carolina en seguida.

—¿Qué?

—Parece que el tiempo no ha dejado huellas en ti… Te ves igual que la última vez que nos juntamos —agregó Carolina a continuación.

—¡Oh, gracias! —exclamó Bárbara—. Aunque yo creo que exageras.

—No lo creo, amiga —dijo Carolina—. ¿Qué procedimientos utilizas para mantenerte en tan buen estado?

—Cuestión de suerte…, supongo —indicó Bárbara—, pero no estoy muy segura en realidad, quizás sólo sea el efecto de una dieta equilibrada.

—Es posible —asintió Carolina, dubitativa—. ¿Qué te parece si hacemos algo diferente para recordar esta ocasión?

—Estoy de acuerdo —asintió Bárbara—. ¿Qué tienes en mente?

—Veamos… —agregó Carolina sin perder un instante, mientras procedía a observar los diferentes locales comerciales ubicados en las cercanías—, déjame pensar en algo.

Cerca de una hora más tarde, luego de compartir algún exquisito refrigerio liviano en calorías en un local situado muy cerca de la Plaza de Armas, ambas amigas concluyeron su animada plática para despedirse hasta una ocasión futura, y así continuar ahora con su habitual rutina diaria.

Minutos más tarde, con evasiva y neutra mirada, Bárbara se dirigió hacia el barrio residencial ubicado junto al costado sur del Parque Forestal.

«Espero no encontrar más gente conocida —pensó la joven mientras caminaba con lentitud hacia su hogar—. Al principio fue algo entretenido e intrigante, pero tras cada nuevo día —agregó—, todo esto se va transformando en un abrumador e impredecible fastidio.»

Sin embargo, cuando alzó la vista para observar el flujo vehicular por la calle adjunta, un individuo la saludó desde el interior de un oscuro vehículo de alquiler. Ante tal hecho, Bárbara respondió con una protocolar sonrisa.

* * *

Unos tres meses antes, en la misma ciudad y poco antes de llegar a su hogar, Roberto sufrió un extraño desvanecimiento. Al principio, aunque nunca antes había experimentado una situación similar, resolvió no asignarle demasiada importancia al incidente y lo atribuyó en personal diagnóstico a una simple fatiga después de un par de semanas de ardua actividad laboral, junto a una mínima ingestión de alimentos. No obstante, una extraña sensación lo invadió durante el resto de aquella tarde. Una sensación opresiva que lo mantuvo en permanente tensión.

Al llegar la noche, cuando aquella intangible sensación disminuyó hasta casi disiparse por completo, logró conciliar el sueño luego de innumerables intentos y la ayuda de una píldora apropiada para casos de insomnio.   Sin embargo, muy temprano en la madrugada, sintió el rostro acalorado y acompañado de una frenética picazón. Además, como si lo anterior no fuese suficiente, sintió un fuerte e intermitente dolor de cabeza junto a un indescriptible malestar estomacal que no hizo más que agregar una incertidumbre adicional para su precario e incierto estado de salud.

En aquel conflictivo instante, Roberto todavía ignoraba que todos sus imprevistos malestares sólo constituían el corto período de transición y necesario preámbulo para una nueva etapa en su vida.   Una etapa que sólo el tiempo transcurrido y el temple de Roberto, demostrarían su real factibilidad y eficacia.

Al amanecer del siguiente día, después de estirar y contraer todos sus fatigados músculos, con el único fin de despabilarse por completo antes de levantarse e ingresar a la ducha, sólo permanecía la sensación y el ambiguo recuerdo de una segunda noche casi sin dormir. Después de levantarse, ducharse y asimilar un liviano desayuno, Roberto resolvió efectuarse un completo chequeo médico como útil y apropiada medida preventiva. Pero, de acuerdo a las actuales e injustas políticas libremercadistas en el ámbito de la salud, el chequeo fue tan completo como su relativa disponibilidad económica se lo permitió en dicho momento. Después de tal trámite, con los antecedentes legalmente necesarios en sus manos para justificar su breve ausencia en horas de trabajo, se dirigió hacia su fuente de actividad laboral. Desde ahí, el resto del día transcurrió en forma relativamente normal.

A los tres días comenzaron a producirse extrañas e inciertas situaciones en las que Roberto se convirtió en el centro mismo de cada incidental conflicto.

Durante la acostumbrada y rutinaria salida para almorzar, cumplida su media jornada inicial de trabajo, recibió varios —quizás demasiados— saludos equivocados. Empero, pese a la firme reacción de su parte, sus interlocutores parecían siempre no creerle cuando él se disculpaba haciéndoles ver, quizá en ilusa e inútil esperanza, la equivocación que ellos cometían al confundirlo con algún particular conocido.

Mucho más tarde, durante el regreso a casa, algo más temprano que lo habitual, y con la confusión de los hechos precedentes todavía enquistados en su mente de hombre simple y trabajador rutinario, Roberto resolvió retirar los resultados de los exámenes efectuados durante la jornada anterior. Sin embargo, el análisis de los mismos no arrojó luz alguna respecto a su actual condición y todo malestar previo sólo se atribuyó al efecto clásico producido por el agotamiento y estrés pero, aunque los extraños síntomas que propiciaron su preocupación no volvieron a repetirse, todo su entorno cambió radicalmente desde tal instante.

En seguida, al reasumir el rumbo hacia su hogar, desde el despacho del médico que, después de revisar los exámenes y no encontrar la causa probable de sus males, sólo atinó a recomendarle un control médico más periódico, Roberto recordó con indudable nostalgia muchas de las situaciones vividas, junto a su primo Esteban, casi en los albores de su distante adolescencia..., cuando la vida era simple y los grandes e insolubles problemas todavía no existían. Aquellos habían sido muy buenos tiempos, y su amigo más entrañable en dicha época había sido Esteban.

En aquel nostálgico instante de retrospectivo análisis, una tras otra se sucedieron algunas de las diversas situaciones que ambos enfrentaron casi como una entidad simbiótica. Sin duda, la verdadera amistad siempre construye los lazos más fuertes y casi indestructibles. Pero, con el infatigable e inexorable transcurrir del tiempo, en muchas ocasiones hasta los mejores amigos son relegados hasta el distante pasado. Una situación bastante cruel si la observamos en la distancia, pero tan real como nuestra propia e individual existencia. Un claro efecto de la evolución personal que, de una u otra forma, a todos nos afecta sin exclusión ni disculpa alguna.

Después de ingresar hasta su apartamento de soltero, tratando de desligarse de la inquisitiva mirada que le propinó el conserje, de improviso y en forma incidental observó de soslayo su imagen reflejada en un cristal decorativo, y una extraña incertidumbre cruzó fugazmente por su mente.

«¡Qué extraño! —se dijo Roberto al recordar la difusa imagen observada—. ¿Será posible?»

Acto seguido, para asegurarse que no era la fatiga quien le jugaba una mala pasada en aquella ocasión, se dirigió directamente hacia el amplio espejo dispuesto en el cuarto de baño y observó con ansiedad la imagen reflejada en él.

«¿Qué está sucediendo conmigo?», preguntó en voz alta, como si dialogase directamente con su imagen. «¡Es imposible que ésta sea mi imagen!», aseguró en seguida, sin disimular cierta dosis de pánico en sus palabras y semblante inmediatos.

No obstante, pese a la incredulidad que se manifestaba en su atribulado rostro, los gestos y ademanes efectuados por Roberto correspondían fielmente a los observados en el espejo, pero efectuados por la imagen de Esteban..., tal como el propio Roberto lo había recordado minutos previos. Por lo tanto, en tales condiciones, aceptar aquel cambio de realidad que se presentaba ante su vista sería admitir lo inadmisible. Sin duda, era necesario y urgente buscar una explicación racional para tan extraño conflicto de apariencias.

En seguida, luego de observar hasta el más ínfimo detalle en su nueva apariencia, procedió a ducharse con agua fría. Después, al concluir tal faena y sin observarse al espejo, se vistió con ropa algo más holgada y se recostó en un desteñido diván anatómico que disponía en su biblioteca con libros de segunda mano y categoría. En aquel sitio reflexionaría respecto a los últimos sucesos observados.

Casi de un día para otro, Roberto se había convertido en un simple receptor, en empática y transparente gestación, canalizando de los fuertes pensamientos referentes a la descripción física y psíquica de algún semejante, provocado por los anhelos de alguien cercano para tranquilizar un ego disconforme de su propio y pretérito accionar.

Cerca de una hora más tarde, con la tranquilidad que un breve descanso y meditación implicaban, Roberto se dirigió hacia el cuarto de baño y se ubicó frente al espejo. La imagen desplegada en la superficie del espejo fue la propia. Era obvio que aquel constituía el efecto inmediato de la reflexión y autoanálisis de la hora previa. Por lo mismo, era el momento adecuado para efectuar un simple experimento, el más simple de todos: pensar y concentrarse en otra persona. Y el resultado fue el esperado: segundo tras segundo, las características de aquella otra persona reemplazaban a las propias en su imagen y, por lógica correspondencia, en su apariencia física y gestual exterior.

Acto seguido, al detenerse el sorprendente y rápido proceso de metamorfosis física, comenzaba la asimilación básica del intelecto, quizás como una sorprendente entidad virtual paralela, gracias a su alta sensibilidad de percepción empática.

En aquel instante, por vez primera observó toda su transformación externa y percibió como una personalidad invasora se ubicaba junto a la propia para la adecuada interpretación de los estímulos circunstanciales que habían propiciado su extraña y momentánea mutación. Por lo tanto, de acuerdo al origen de su natural gestación, la réplica correspondía a los patrones recordados y no a los reales.

Desde un comienzo fue muy duro para Roberto aceptar esta nueva habilidad, pero se vio obligado a doblegar sus propias creencias y lo asumió como una realidad ineludible. Y desde entonces, aunque siempre permaneciera en condición alerta y sólo pensando en sí mismo, estaría a merced y voluntad de caprichos y pensamientos ajenos.

* * *

De pronto, mientras Bárbara se disponía a cruzar hacia la calzada conducente a su hogar, un automóvil emergió desde la avenida principal.

Dentro del vehículo, su iracundo conductor miraba con desprecio a los escasos transeúntes que circulaban por las cercanías. Sin embargo, de pronto centró toda su atención sobre un individuo que transitaba por la calzada adjunta y reaccionó en forma inmediata ante tal situación.

—¡Al fin te encuentro, maldito malnacido! —balbuceó el agrio conductor, excretando toda la ira y resentimientos por años contenidos—. ¡Me las pagarás todas juntas! —vociferó a continuación, mientras aumentaba la presión que ejercía sobre el acelerador, dirigiéndose directamente hacia su ocasional y desprevenida víctima.

En aquel instante, demasiado tarde para reaccionar con rapidez y efectividad ante el sorpresivo ataque, Bárbara observó los cercanos y agresivos focos del automóvil que se abalanzaba sobre su persona, mientras su apariencia exterior cambiaba para convertirse en el antiguo y desleal socio del enfurecido conductor de aquel destartalado vehículo de alquiler de fabricación soviética.

Segundos más tarde, casi al mismo instante de expirar en forma definitiva, Roberto recuperó su real apariencia: la misma que lo acompañó sin interrupciones hasta el infausto momento en que descubrió su empática habilidad de adaptarse exteriormente al entorno que lo rodeaba. No obstante, luego de un tenso e impredecible período de su existencia que nunca logró asimilar en completitud, finalmente descansaba en paz..., y por toda la eternidad.

Remordimiento absurdo

Durante aquella calurosa noche otoño-invernal, algunas inquietas alimañas se escurrían entre los húmedos matorrales en busca de su eventual, desprevenido y nutritivo alimento. Al mismo tiempo, el continuo cantar de los miles de ocultos y extraños insectos, casi indiferentes al normal funcionamiento de la cadena alimenticia que a diario los acosaba casi con crueldad, se complementaba casi a la perfección con el interminable croar de algunos escurridizos y verdes batracios. No obstante, en forma repentina y simultánea en todos los estratos, un hálito sofocante comenzó a envolver el ambiente y un silencio frío e inquebrantable se apoderó de gran parte de la zona pantanosa más cercana a las luces de la gran ciudad. No era en absoluto indispensable poseer la clarividencia propia de una experimentada pitonisa para intuir que algo inusual estaba pronto a ocurrir en aquel sitio e instante.

Segundos más tarde, quebrando la silente atmósfera antes manifestada casi a plenitud, la imponente silueta de una entidad corpórea robusta y ágil se apartó, emergiendo desde uno de los senderos principales, para internarse dentro de una continua e intrincada extensión de matorrales de hojas y tallos hirientes. Con gran seguridad, aquel conglomerado espinoso se constituiría como el paraíso terrenal ideal sólo para un alma en esencia masoquista y penitente, pero quizás también se manifestaba como la única opción factible de escape para un fugitivo de la adversidad. Una adversidad inducida por una situación artificial e irracional desde su propio origen e indeseable gestación, por lo menos para toda forma de vida poseedora de un mínimo grado de inteligencia.

Era indudable que, no exentas de aquella maravillosa e intangible aura fantástica propia de una cultura rica en tradiciones, demasiadas habían sido las historias que en múltiples ocasiones se contaron respecto a la existencia de extrañas y peligrosas criaturas dentro de los límites del pantano de Gul-Drash, merodeando eternamente en busca de víctimas desprevenidas, pero los jóvenes eran cada día más incrédulos e irreverentes frente a las creencias y temores ancestrales gestados dentro de su propia sociedad.

Más aún, sin remilgos ni vacilaciones de índole alguna, ahora se proyectaban como incondicionales adeptos a muestras culturales envasadas ajenas a sus propias costumbres que, poco a poco y en forma aberrante e irreversible, reemplazaban su propia identidad e idiosincrasia. Aquello constituía un hecho más que evidente, pero no por eso menos real y peligroso. No resulta extraño que por idéntico fenómeno, en múltiples ocasiones y en demasiadas culturas, se perdieron valiosos e irrecuperables conocimientos. Siempre es mucho más fácil aniquilar una cultura ancestral que propiciar una enriquecedora y mesurada simbiosis cultural, pero así ocurre a diario e irremediablemente en todos los ámbitos.

Instantes más tarde, ataviados con la usual indumentaria verde oliva de cazador y provistos de armas livianas para la práctica apropiada de tal «deporte», tres jóvenes aparecieron sigilosamente tras los pasos de la criatura. Sin embargo, al perder momentáneamente su rastro, sólo atinaron a quedar en actitud expectante frente a la posible detección de una nueva pista.

La criatura perseguida, inmersa dentro del ambiente específico que había propiciado su normal evolución, alcanzaría fácilmente unas veinte veces la talla de un hombre humano normal. Lo suficiente para terminar con esta eventual amenaza de un solo zarpazo. No obstante, dentro de aquella atosigadora y extraña realidad, ambos aparentaban una estatura y fisonomía muy similar. Un hecho extrañamente curioso para ambas partes, pero tan real como sus propias existencias.

Y, por lo mismo, ambos debían asumirlo como tal.

De pronto, aprovechando la escasa luz natural filtrándose a través de las oscuras nubes que presagiaban un aguacero descomunal, el más joven de los humanos advirtió el reflejo plateado sobre la húmeda piel escamosa del *agulp* que, tras las sombras y arbustos cercanos al sendero principal, intentaba pasar inadvertido ante los ojos y sentidos de sus ocasionales perseguidores.

—¡Ahí está el *agulp*! —gritó el muchacho, dando la estridente voz de alerta e indicando hacia el escondite de la infortunada criatura.

Ante la inminente cercanía del peligro, aquella forma de vida humanoide, inteligente y quizás igualmente sofisticada que sus perseguidores, sólo atinó a escapar en forma apresurada desde su frágil e inútil escondite. ¿Cómo escaparía un humano al sentirse perseguido y superado en número?

—¡Que no escape esta vez! —ordenó uno de los hombres al mismo instante que otro de ellos disparaba su ballesta, pero sin acertar al objetivo deseado.

Para su ocasional fortuna, el *agulp* sólo percibió aquel agudo zumbido propio de un proyectil rasgando el frágil y ficticio éter, pero no vislumbró la cercanía de su plástico y seco impacto. No había tiempo para aquello. Sólo deseaba escapar.

Segundos más tarde, con una excesiva dosis de adrenalina fluyendo libremente por sus cuerpos, los tres jóvenes también se internaron a través de aquellos poco amistosos arbustos. Conociendo ya en demasía el terreno que una vez más profanaban en persecución de una escurridiza víctima, tres avezados cazadores no tendrían demasiadas dificultades para seguir con rigor el rastro casi evidente de un temeroso y torpe *agulp*.

Atraparlo sólo era cuestión de tiempo y algo de astucia pues, dado el nivel evolutivo alcanzado por aquellas sensibles criaturas y frente a la casi total ausencia de depredadores naturales, sus pretéritos instintos de preservación frente a un medioambiente hostil se habían ya atenuado hasta casi desaparecer.

* * *

Como dato anecdótico, los *agulpi* debían su curioso apelativo a la extraña palabra que articulaban cuando se encontraban dos de ellos. En toda ocasión de encuentro entre los *agulpi*, el primero de ellos decía «¿*agulp*?» y el segundo respondía «¡*agulp*!», como ratificando la interrogante del primero. No obstante, considerándolo desde el punto de escucha humano, la entonación y acentuación se mostraba curiosamente extraña.

Además, si el encuentro era múltiple, idéntico procedimiento se efectuaba entre todos y cada uno de ellos. Por lo tanto, en virtud a tan extraño y pintoresco saludo protocolar, incomprensible para muchos ocasionales observadores foráneos, toda su especie fue bautizada con tal nombre.

No era vez primera que algún hecho incomprensible diera el nombre a toda una especie. Muchos son los ejemplos en que así ha ocurrido. Sin embargo, la sorpresa sería realmente abismática para los humanos si, en esta particular ocasión, llegaran alguna vez a enterarse de lo acertado de aquel apelativo impuesto más bien como una mal intencionada ironía.

Para los humanos, en aquel tiempo y lugar, tal característica significaba la presencia de un precario grado de inteligencia en los *agulpi*, inherente tanto a nivel de individuos como de una virtual sociedad. Precaria e incomprensible, pero inteligencia al fin y al cabo. Sin embargo, dados sus rígidos procesos de raciocinio, aquello constituía un hecho que ninguno de ellos estaría dispuesto a reconocer abiertamente.

Sin dudas al respecto, en algún otro tiempo y realidad, los *agulpi* perfectamente podrían haber llegado a constituirse como la especie dominante de los suelos donde residiera. Pero en este medioambiente, dada la dominante presencia de la foránea especie humana, su tangible realidad era total y diametralmente distinta.

* * *

De pronto, uno de los cazadores dejó de avanzar e indicó a los otros que mantuvieran su actual posición. Joaquín era el más conocedor de la extraña conducta de los *agulpi*, y los demás eran conscientes de tal erudición. Día tras día siempre lo había demostrado con hechos concretos e innegables.

Acto seguido, utilizando un lenguaje corporal muy fluido, el mismo Joaquín efectuó algunas indicaciones a sus compañeros que, ante tales anuncios, de inmediato procedieron a internarse entre la espesura y en divergentes direcciones. A simple vista, todo se ejecutaba según un protocolo quizás mil veces estudiado y ejecutado.

El *agulp* estaba oculto tan sólo algunos metros más adelante, pero los cazadores no lo sabían con real certeza. Sin embargo, ellos estaban seguros que la bestia ejecutaría algún movimiento reflejo que, más temprano que tarde, delataría su exacta posición.

Minutos más tarde, dando cierto grado de razón a lo especulado previamente por los cazadores, el *agulp* se relajó al percatarse que sólo uno de sus perseguidores mantenía intacta su tenacidad y resolvió, en fugaz e incauto razonar, salir de improviso desde su escondite para alejarse con prisa de aquel inhóspito sitio. No obstante, cuando apenas quedó al descubierto, vislumbró aquella hábil maniobra ejecutada por sus perseguidores.

Por lo tanto, enfrentando nuevamente su cruel e inevitable destino y como acción refleja para esquivar aquella inminente emboscada, la criatura escamosa se abalanzó sobre el más cercano de sus perseguidores y, después de derribarlo con asombrosa facilidad que en aquel breve lapso no logró asimilar, procedió a internarse hacia un nuevo sendero secundario. Pero, al preciso instante que transpuso el umbral hacia la posible libertad, un dardo metálico atravesó completamente uno de los apéndices membranosos que le servían al *agulp* para amplificar todo tipo de señal acústica manifestada en su entorno más inmediato, y un espantoso alarido infrahumano, procedente desde lo más recóndito de sus entrañas de anfibio altamente evolucionado, retumbó hasta en las madrigueras e intersticios más inaccesibles del húmedo pantano.

Aquel par de apéndices membranosos eran los órganos sensoriales externos más delicados y sensibles para la percepción de su entorno físico. Por lo mismo, cualquier sensación placentera o dolorosa detectada en aquel sitio se manifestaría en magnitud casi inmensurable para la criatura afectada.

Acto seguido, sin dejar de lado un mínimo de cautela ante la peligrosa e imprevisible bestia herida, los cazadores comenzaron paulatinamente a rodear a su presa para ultimarla o maniatarla, según correspondiera a sus intenciones iniciales. Por lo tanto, de acuerdo a la evolución de los sucesos y a menos que ocurriese un milagro, era casi evidente que la exitosa cacería del *agulp* estaba muy próxima a concluir en forma definitiva.

De pronto, virtualmente atrapado por los tentáculos empalagosos de una inmisericorde pesadilla que en sus últimos estertores se resistía a concluir, el pequeño Dexter emitió algunos balbucientes gemidos y efectuó varios movimientos impulsivos que, por su inesperada gestación aparente, intranquilizaron a su madre.

—¿Qué sucede, mi pequeño? —preguntó Dhalma, acercándose hasta el lecho del joven y levantando suavemente su rostro con una de sus manos, cuando éste despertó con evidente sobresalto, para observar a través de sus cristalinos ojos verdes—. ¿Una pesadilla?

—¡Mamá! —exclamó Dexter, estirando sus pequeños brazos para aferrarse al cuerpo de Dhalma en evidente búsqueda de protección.

—Libera ahora tus temores, Dex —le sugirió ella con innegable ternura—. Todos ellos y para siempre...

—Fue horrible, mamá —comenzó a relatar el pequeño—. Estaba en el pantano de Gul-Drash, participando en una espantosa cacería y...

—¿En el pantano de Gul-Drash? —interrumpió Dhalma sin ocultar su natural inquietud en ápice alguno—. Es muy extraño... ¿Estuviste ahí? —preguntó.

—Sí, mamá —asintió Dexter después de tragar saliva, temiendo que su inquisitiva madre se disgustara con él por tal acción—, pero no te enojes conmigo —agregó con rapidez, esperando el correspondiente sermón.

—¿Ves lo que sucede cuando me desobedeces? —inquirió Dhalma con voz recriminadora, pero sin abandonar en demasía su dulzura habitual dado el estado de ansiedad que invadía al pequeño—. ¿Cuándo ocurrió aquello? —preguntó, suavizando el tono de su voz.

—Unas tres o cuatro noches atrás, cuando veías aquel aburrido y morboso programa de *Misterios No Resueltos* en la televisión —respondió el joven con prontitud, y enseguida complementó—. Fui en busca de algunas alimañas para llevarlas después a la escuela.

—¿Alimañas?

—Sí, mamá.

—Mi pequeño... ¿cómo podría enojarme contigo? —dijo Dhalma algunos instantes más tarde, mientras todavía manifestaba su afecto y ternura hacia aquella pequeña y milagrosa prolongación de su propia existencia.

Dexter reaccionó ante aquella sincera muestra de amor maternal, dándole un significativo e histriónico beso en una de sus manos y aferrándose mucho más hacia ella, en franco gesto de incondicional aceptación.

—Tú eres lo más importante para mí —agregó en seguida mientras lo continuaba abrazando—, y siempre lo serás... No importa lo que suceda.

—Gracias, mamá —reaccionó Dexter.

—Ahora... —sugirió Dhalma con voz tranquila—. ¿Qué sucedió a continuación en tu pesadilla, mi pequeño Dex?

Enseguida, mucho más tranquilo y utilizando al máximo su espléndida memoria y vocabulario, producto directo de la prolija educación de alto nivel que aún recibía en la prestigiosa escuela estatal, Dexter procedió a relatar su mal sueño con lujo de detalles.

—¿Humanos? ¿Tres humanos persiguiendo a un indefenso y pequeño *agulp*? —se preguntó su madre con sorpresa, cuando el pequeño concluía su personal relato.

—Sí, mamá. Así fue —ratificó el pequeño.

—¡Que extraño! —murmuró Dhalma enseguida, tratando de elaborar alguna explicación lógica que indujera la imaginación de tal barbarie.

—No es extraño, mamá —respondió Dexter con prontitud—. Durante la clase de biología de ayer en la mañana, en el laboratorio semanal —agregó en seguida con insaciable entusiasmo—, diseccionamos los tres humanos que había atrapado antes en el pantano y, desde ahí, quedé algo intranquilo…, pero todavía desconozco la causa real para sentirme así.

—Pobrecillo —exclamó Dhalma mientras acariciaba la pequeña cabeza de Dexter, cerca de sus sensibles orejas membranosas—. ¡Vamos! ¡Levántate! —le indicó a continuación, infundiéndole entusiasmo y vitalidad—. Te prepararé un exquisito y suculento desayuno para que olvides aquella espantosa pesadilla de una vez por todas. ¿De acuerdo, mi pequeño?

—Sí, mamá —respondió el pequeño casi de inmediato.

Acto seguido, con esa vitalidad asombrosa que sólo poseen los niños en sus años más inquietos, el pequeño Dexter se levantó con rapidez y optimismo realmente envidiables. Sin duda alguna, con la ausencia de aquellos remanentes temores nocturnos, aquel sería un día realmente excepcional.

Ayuda alienígena

A Frederik Pohl.

L a nebulosa de moléculas inestables se acercaba inexorablemente a la Tierra. Y los humanos ciertamente lo sabían.

—Terranos —dijo repentinamente una poderosa voz psíquica—, prepárense para ser transportados a nuestra nave multidimensional.

La Humanidad suspiró finalmente aliviada..., y todos los insectos encolmenados fueron de súbito rescatados.

Percepción repentina

Dimitri se había dormido profundamente casi al momento de acostarse, pero de vez en cuando emitía alguno que otro gemido involuntario. Y de inmediato reaccionaba en forma instintiva como si estuviese cayendo hacia el vacío. Por lo mismo, su pernoctar fue intranquilo hasta que, en medio de la noche, de repente gritó. Un poderoso llamado de auxilio emergió desde lo más profundo de su alma, transformado en un explosivo e inarticulado grito en un lenguaje que él no conocía en sus inflexiones más profundas: El lenguaje del miedo.

Durante aquella noche había soñado. Y lo había hecho de tal forma que ahora, después de mucho tiempo de sueños nimios e inconclusos, lo recordaba todo con perfecta claridad.

Despertó de inmediato, con una extraña e inusual sensación de ambigüedad y desorientación. Estaba solo en su habitación, iluminada apenas por una tenue fosforescencia exterior, procedente del astro lunar o de aquella molesta farola que muchas veces le impidió dormir con tranquilidad, filtrándose una vez más a través de las cortinas. No obstante, ahora ésta le brindó una breve sensación de seguridad cuando logró advertir las siluetas de muebles y objetos conocidos a su alrededor. Si él estaba en su cuarto, todo estaría bien.

De pronto, ante su atenta mirada, la puerta se abrió con pasmosa lentitud en un ángulo casi imperceptible desde su posición. Alguien estaba ahí, atisbando hacia el interior, espiándolo.

—¿Estás bien, Dimitri? —preguntó una voz algo trémula y soñolienta que de pronto le pareció muy distante.

—Sí —respondió él, al momento que reconocía la voz de su madre.

—¿Sucedió algo?

—Sólo una pesadilla —respondió casi en un suspiro—. Sólo eso...

—Bien —asintió la voz de su madre, y agregó —: Duérmete.

—Sí, mamá.

Pero Dimitri estaba decidido a recordar su extraño sueño. Durante su corta existencia, su actividad onírica nunca había sido demasiado importante pues, según sus exiguos recuerdos, rara vez recordaba un sueño y cuando lo hacía, eran cosas intrascendentes e insulsas. No obstante, en esta particular ocasión estaba decidido a recordar...

Y se durmió nuevamente.

Algo más tarde, Dimitri despertó con un ligero sobresalto.

—¡Despierta, hijo! —exclamó su madre desde el umbral de la puerta—. El desayuno ya está preparado.

—Bueno, mamá —respondió Dimitri, todavía algo soñoliento.

—¿Qué pasó anoche? —preguntó la mujer, mientras ella se sentaba con delicadeza sobre el borde de su cama, colocando enseguida las manos sobre su regazo en paciente actitud de espera.

—¿Anoche? —preguntó Dimitri. La extrañeza se reflejaba en su rostro.

—Tenías una pesadilla —dijo su madre—, y gritaste...

—¿Yo?

—Sí.

Dimitri no supo qué responder.

—Bueno, levántate de una vez y ve a tomar tu desayuno —dijo finalmente la mujer en tono maternal, al momento que procedía a revolver el cabello de Dimitri con singular afecto.

En ese momento Dimitri recordó que era domingo y, como impulsado por un resorte, se levantó de inmediato para dirigirse hacia el cuarto de baño. Una vez acicalado, bajó con prontitud antes que su desayuno se enfriara.

—¿Por qué gritaste anoche? —preguntó Vania[2], su hermano menor—. ¡Me despertaste!

—Iván —dijo su madre—, no molestes a tu hermano.

—Eso no te importa —alcanzó a responderle Dimitri mientras apuraba el desayuno.

—¿Cómo estuvo la reunión de anoche? —preguntó su madre—. No te oí llegar.

—Bien, mamá —respondió Dimitri—. Vimos películas, comimos algunas cosas, conversamos bastante…

—Que bien —asintió su madre con una sonrisa, mientras su hermano menor efectuaba un ruido extraño con la boca—. Compórtate, Iván —recriminó de inmediato la mujer.

Durante la mañana del domingo, Dimitri siempre asistía a la primera misa en la parroquia del barrio. Su madre miraba tal conducta con buenos ojos pues, con tanta delincuencia y drogadicción en las calles, los buenos círculos eran escasos y muy apreciados. Y, sin

---

[2] Diminutivo de Iván (i.e. Juan) en ruso. También suele utilizarse como diminutivo de Vanina (i.e. Juana).

conocerla, ella suponía que la comunidad religiosa de su barrio era un buen círculo.

En seguida, después de despedirse, Dimitri partió con prontitud hacia la iglesia. No obstante, sin explicarse el motivo, una creciente inquietud comenzó a apoderarse de su espíritu. Y también recordó que había tenido una pesadilla, pero todavía no lograba precisar los detalles de la misma.

Más tarde, durante la misa, todo comenzó a parecerle falso: el sermón del fraile, los rostros compungidos de todos los asistentes por una fe que sólo se manifestaba (con suerte) durante aquel ceremonial, los cánticos insulsos repetidos una y otra vez, las oraciones eyaculadas como reflejo condicionado, todo le sabía igual.

Poco a poco comenzó a pasear la vista entre los asistentes más cercanos pues su posición, como anónimo miembro del coro, era privilegiada para tal propósito. Vislumbró a muchos de sus vecinos, incluidos los Smirnov, los mismos que comerciaban con drogas en su cuadra a vista y paciencia de todos, golpeándose maquinalmente el pecho y luego comulgando libres de todo pecado de obra u omisión. También se preguntó si el fraile de la parroquia tendría las mismas costumbres tras bambalinas que aquellos tan censurados, sólo moralmente desde las altas esferas, por los ya acostumbrados abusos deshonestos (por decir lo menos) efectuados en contra de menores, y de los cuales sólo se conocía la punta del iceberg. ¿Cómo era posible tanta hipocresía de unos y de otros? Bueno, el mundo ya era así desde antes que él naciera…, e indudablemente seguiría igual mientras el mal no se cortara de raíz.

Una semana más tarde, Dimitri nuevamente se hallaba inmerso en medio de un angustioso sueño. Al parecer, cuando se juntaba con sus amigos («sus amigotes», según su hermano menor), su mente se agudizaba y sensibilizaba a tal punto que podía captar vibraciones etéreas inasequibles para el común de los mortales. Sin embargo, ahora todo era confuso, mucho más que la vez anterior.

Se encontraba completamente solo y algo mareado, quizás por los remanentes tóxicos de la velada recién concluida con sus amigos. Todo estaba oscuro y olía a humedad: tierra fangosa y residuos vegetales en flagrante descomposición. Poco a poco sus ojos comenzaron a acostumbrarse a las difusas sombras que lo rodeaban: estaba caminando en medio del bosque. ¿Cuál bosque? Quizás el que quedaba en la propiedad de su tío Vladimir, el acaudalado, y que él visitaba casi todos los veranos junto a sus padres y hermano. Por lo menos, a cada instante se le asemejaba más y más. Sí, estaba ahí. Caminando de noche entre los húmedos senderos tantas veces recorridos durante el día o durante las horas del crepúsculo, fuese éste matutino o vespertino. Nunca de noche.

De pronto escuchó un crujido bajo sus pies, quizás una pequeña rama, y alguna alimaña se escurrió entre los cercanos matorrales. La luz de la luna apenas se filtraba a través del follaje, ayudándole por lo menos a no salirse del sendero. Algo que no logró identificar en aquel momento lo impulsaba a seguir adelante. Una sombra cruzó a través del follaje superior y oscureció, quizás durante un breve parpadeo, todo el sector. Dimitri observó hacia las altas ramas, pero sólo pudo distinguir algunas de ellas oscilando en forma aleatoria y un ruido cada vez más lejano.

«Eso no parecía una vulgar alimaña —se dijo—, pero, según recuerdo, en este bosque no hay animales de gran tamaño... ¿O sí?»

El bosque se asemejaba cada vez más al de su tío, pero una extraña sensación parecía agobiarlo casi al punto de sofocarlo. Estaba inmerso en territorio conocido, pero al mismo tiempo había algo muy extraño e inidentificable en el ambiente.

De pronto escuchó un ruido a sus espaldas, pero nada distinguió al volver la vista hacia dicho lugar. Un sudor frío comenzó a recorrer toda su piel y su respiración se hizo más intensa. Estaba a punto de salir del bosque pues, a unos pocos metros en su camino, distinguió un claro que indudablemente lo dejaba algo más tranquilo: su actual entorno era un sitio físicamente acotado. No le gustaba caminar de noche por el bosque, y por eso recordaba no haberlo hecho antes. No obstante, al momento de emerger de éste, se volvió con brusquedad hacia el sendero ya recorrido y observó a una gran criatura, algo más que una simple y fugaz silueta, escurrirse con rapidez hacia el denso follaje.

«¿Un insecto? —se dijo—. ¿Un insecto gigantesco? ¿Será posible?»

Pero, debido a lo sorpresivo del hallazgo, no pudo precisar los detalles de aquella ágil criatura, excepto que su tamaño era muy similar al suyo. Por lo mismo, si éste era realmente un insecto, lo era de proporciones enormes.

Y, después de fingir escupir sobre su hombro para espantar a los malos espíritus, Dimitri se alejó con rapidez de la espesura del bosque.

En medio del claro había una casa campestre de tres pisos, muy similar a la de su tío pero con sutiles diferencias. Se aproximó con cautela hacia la casa y, en el instante en que se aprontaba a llamar a la puerta, una repentina inquietud lo hizo cambiar de opinión. Primero atisbaría a través de las cortinas. Siempre había sido muy curioso y le encantaba espiar a los demás.

Enseguida, deslizándose con cautela entre las plantas del jardín, recordando al mismo tiempo lo cascarrabias que a menudo era su tío, llegó hasta el exterior del comedor y observó a través de la ventana. La cortina no estaba cubriendo completamente dicho lugar y se podía apreciar perfectamente gran parte del interior. Primero observó el hogar de la chimenea, donde las flamas bailaban con frenético ritmo su dantesca danza infernal, castigándose las unas a las otras mientras emergían con inusitada violencia desde los secos maderos sacrificados. Ahí estaban sus tíos, sus padres y el pequeño Iván, preparándose para cenar. Una placentera sensación de tranquilidad lo invadió. Todo parecía perfectamente normal y, por lo mismo, comenzó a dirigirse hacia la entrada principal. Sin embargo, de pronto observó una luz que se encendía en el segundo piso: era la habitación de su prima Tatiana. Y algunos ruidos parecían provenir desde su interior. Se alejó un poco de la casa y observó el rectángulo amarillo que parecía invitarlo. No lo pensó dos veces y, sin mucho trabajo, procedió a escalar la estructura adosada a dicha pared, como tantas veces lo había hecho con anterioridad, donde una frondosa enredadera se había desarrollado con inusitado vigor.

Cuando llegó hasta el borde inferior de la ventana, observó hacia el interior. Nadie estaba ahí, pero muy pronto la situación cambió. Se escucharon ruidos de pasos y Tatiana, ataviada sólo con su escueta ropa interior, comenzó a gesticular frente al espejo de cuerpo entero que había casi frente a la ventana, inserto dentro de un amplio recoveco.

De pronto, Dimitri observó con dificultad la imagen proyectada sobre la cara del espejo y el horror se proyectó de inmediato en su rostro, de tal forma que resbaló desde su improvisada escalera y estuvo a punto de caer hacia el cercano vacío. Acto seguido, recuperando un poco el aliento y pensando que el miedo acumulado durante su travesía por el bosque hacía presa de él, se preparó para observar nuevamente hacia el interior. Pero en el momento en que juntaba fuerzas para el impulso definitivo, la brillante y negra cabeza de un gigantesco insecto con ojos multifacetados, antenas ciliadas y poderosas mandíbulas, se asomó a través de la ventana y lo observó directamente, adoptando la misma expresión (aunque parezca extraño) que usualmente esbozaba su prima Tatiana cuando lo observaba con aires recriminadores. No existía duda alguna para el pequeño Dimitri: una extraña entidad, dueña de una asombrosa capacidad mimética, estaba suplantando ahora a su prima... Y lo peor de todo era que nadie más parecía haberse dado cuenta de aquello.

Descendió con la agilidad de un pequeño simio a través de la enredadera, saltando el último tramo, y se dirigió con rapidez hacia la puerta principal pues debía contárselo de inmediato a sus padres, a fin que ellos tomaran las medidas necesarias. Giró el pomo de la puerta y se deslizó con premura hacia el interior, llegando con la respiración entrecortada hasta el comedor donde, antes de hablar, afirmó su espalda contra la pared.

En aquel instante, la frenética actividad que se desarrollaba en el comedor cesó casi por encanto y todos lo observaron. La tensión podía cortarse con un cuchillo y apilarse luego en forma de ladrillos.

—¡Dimitri! —dijo su madre—. ¿Dónde estabas? Tú sabes que siempre la puntualidad es...

Pero, al observar el rostro angustiado del muchacho, ella no continuó con su recriminación.

—¿Qué sucede, Dimitri? —preguntó enseguida.

—Acabo de ver..., de ver... —dijo Dimitri—, a Tanya...

—¿Y qué sucede con ella? —preguntó su padre, agregando de inmediato—: Se marchó hace tan sólo unos pocos minutos hacia su cuarto.

—Ella..., ella es un insecto —dijo Dimitri, jadeante.

Todos se miraron entre sí, consternados.

—Dimitri —dijo su madre, mientras los demás sonreían por su ingenio e imaginación y, transcurrido un breve instante de indecisión, continuaron devorando la cena con inusual frenesí—, estás bajo mucha presión, deberías...

—Pero es cierto —afirmó Dimitri, angustiado—, acabo de verla en su cuarto, en el espejo..., y después en la ventana...

En ese momento, Dimitri escuchó unos pasos apresurados que descendían por la escalera y observó, agazapado e indudablemente temeroso, hacia aquel sitio. Por lo visto, no deseaba que esta vez lo pillaran desprevenido.

—Ahí viene ella... —agregó Dimitri, volviéndose hacia el comedor—, y estoy seguro que...

Pero no pudo continuar.

En lugar de sus padres y tíos observó a cuatro enormes insectos, todos mayores que el observado a través de la ventana de Tatiana, parloteando y masticando con sus poderosas quijadas la extraña y fibrosa comida que había sobre la mesa, la misma que ellos tomaban mediante sus gráciles y bien delineados brazos, mientras cada exosqueleto brillaba con reflejos tornasolados debido a las flamas de la chimenea.

Además, una multitud de ojos lo observaba con curiosidad y algo de consternación.

Y él gritó como nunca antes lo había hecho.

De pronto, en medio de la penumbra, advirtió como la puerta de su habitación se abría con pasmosa lentitud.

—¿Qué sucede, Dimitri? —preguntó su madre, con las mismas inflexiones de segundos previos.

Mientras tanto, con su rostro aún desdibujado por el horror, Dimitri observaba como la silueta de un esbelto y bien delineado brazo ingresaba con frenéticos movimientos, mientras una voluminosa y oscura cabeza provista de vibrátiles antenas ciliadas se hacía cada vez más perceptible, a medida que la envolvía aquella extraña y diáfana aura azulada procedente del pasillo exterior.

Con rapidez, Dimitri se deslizó de la cama y se agazapó junto a la puerta de acceso; escapando a través de ésta ante la atónita mirada de su angustiada madre. En seguida, como una verdadera exhalación, se precipitó escaleras abajo en dirección al estudio de su padre y, una vez en el interior, mientras escuchaba la voz de su madre llamándolo, cerró la puerta con inusitada violencia.

Luego, sin encender la luz interior, descolgó la ballesta de colección que su padre exhibía en una de las paredes; también retiró una media docena de relucientes saetas que almacenaba dentro de un pequeño carcaj de cuero. En seguida, tensó el hilo de la ballesta, colocó la primera saeta y esperó…

Segundos más tarde, alguien abrió con violencia la puerta de la habitación donde Dimitri se escondía, y una figura grotesca y repulsiva ingresó resueltamente hacia el interior.

—¿Dónde estás, Dimitri? —preguntó la reverberante voz de aquella grotesca entidad.

De improviso, Dimitri se levantó, apuntó al pecho de aquel enorme insecto, y respondió:

—Aquí.

Y disparó.

La saeta surcó el ficticio éter y, ante la sorpresa de la entidad, cruzó directamente a través de uno de sus brazos para incrustarse posteriormente en la puerta de madera, donde el miembro quedó inmovilizado.

—¡Maldición! —exclamó Dimitri después de observar su fallida puntería y al insecto revolviéndose de dolor.

En seguida, con un enemigo inmovilizado que ya no molestaría por el momento, Dimitri se escurrió hacia el pasillo, con la mirada alerta y un incesante flujo de adrenalina inundando todo su organismo, y dispuso una segunda saeta en la ballesta.

Siempre cuidando de apoyar su espalda en la pared más cercana, tal como lo haría alguno de sus héroes televisivos, se acercó lentamente a la escalera. De pronto, un insecto más pequeño que el anterior se precipitó escaleras abajo, y Dimitri disparó.

La saeta, bien dirigida esta vez, golpeó sobre un élitro del insecto, rebotó y se incrustó con violencia en un cuadro de muy escaso valor artístico, posiblemente un Godoy, que colgaba sobre la muralla más cercana. Dimitri se apresuró en cargar nuevamente su ballesta pero, en aquel instante, unas férreas manos lo atenazaron por la espalda y lo inmovilizaron de inmediato. Luego, todo su difuso entorno comenzó a dar vueltas y muy pronto se desvaneció. Había perdido la batalla y ahora estaba a merced de ellos.

—¿Cuál es el diagnóstico, doctor? —preguntó el padre, mientras la madre descansaba un poco más alejada, ejercitando los dedos de la mano del brazo herido, cubierto ahora con un impresionante vendaje.

—Intoxicación por sobredosis de drogas —manifestó el doctor.

—¿¡Qué!? —preguntaron sus atónitos padres.

—¿No lo sabían? —preguntó el doctor ante el asombro de ellos—. Un verdadero cóctel disuelto en sus vasos sanguíneos; en todo caso, nada muy fuera de lo habitual en estos días.

—¿Y por eso actuó en forma tan agresiva? —preguntó el padre, incrédulo, observando de reojo a Dimitri.

—Así es —asintió el médico—. Quizás qué cosas pasan por la mente de los jóvenes cuando consumen tal mezcla de alucinógenos. Es probable que ni él mismo lo sepa con certeza, mucho menos ahora.

—¿Podemos hacer algo? ¿Algún tipo de rehabilitación? —preguntó la madre, preocupada—. He visto algunos programas en la televisión…

—Por supuesto —asintió el médico—. Primero debemos efectuar algunos análisis y, de acuerdo a los resultados, recomendaremos el tratamiento más adecuado. Por fortuna, mucho se ha avanzado en este tipo de terapias.

Sólo durante un fugaz instante, el muchacho había observado por vez primera su propia y cruda realidad. Por lo mismo, algo había cambiado en su interior y nunca más podría verla de igual modo que antes: él ya conocía la verdad.

Pero en aquel momento, Dimitri sólo escuchaba algunas voces demasiado lejanas para entender lo que éstas decían, mientras observaba innumerables sombras difusas que se movían con lentitud en torno a su lecho de convaleciente. Empero, de una u otra forma, él sabía que muy pronto estas múltiples imágenes convergerían a unas pocas —las reales— cuando su metabolismo no estuviera tan sobrecargado de sustancias extrañas, y pudiera enfocar mejor su eventual entorno con sus ojos multifacetados.

Vida casi latente

D e pronto, tal como si una mano divina hubiese activado un interruptor, un chispazo iluminó su interior y por vez primera todo fue perfectamente claro para él: estaba vivo y, de acuerdo a su lista de prioridades más inmediatas, tenía una importante misión que cumplir.

Y ésta debía iniciarse de inmediato, como si su frágil existencia sólo dependiese de aquel único objetivo.

Acto seguido, casi en forma instintiva revisó su algoritmo existencial y advirtió que poseía todas las herramientas necesarias para cumplimentar su misión: todo había sido previsto de antemano.

Y su misión era la más simple de todas: alimentarse y reproducirse. Sólo eso. Una y otra vez, sin detenerse, hasta que una nueva directiva reemplazara a la ya existente y el orden de sus prioridades se trastocara.

Por lo mismo, de alguna forma observó a su alrededor y descubrió los más exquisitos manjares casi al alcance de la mano pero, al no disponer de tal tipo de apéndices, debió adaptarse y asimilarlos mediante simple osmosis. Sin duda, todos los métodos eran igualmente válidos para la consecución de tan básico objetivo. Y mientras se alimentaba, continuó observando con singular detención todo su entorno.

Luego, al descubrir los nichos adecuados donde colocar su latente semilla antes que éstos comenzaran a distribuirse hacia regiones más lejanas, comenzó de inmediato a reproducirse. Una y otra vez, hasta que ya no quedó nicho alguno desocupado. Y después continuó alimentándose una vez más para repetir nuevamente el ciclo.

Y mucho más tarde, ya en su nuevo e ignoto medioambiente, cada nuevo retoño cumpliría idéntica misión al despertar a la vida. Pues la única forma de mantener incólume su mensaje vital era mediante la partenogénesis: un extraño pero muy adecuado tipo de reproducción.

En muchas ocasiones advirtió que era observado y luego perseguido, pero en todas ellas logró escabullirse y esconderse entre los intersticios más próximos donde, gracias a sus instintivas aptitudes para el camuflaje, siempre salió airoso.

Pero de repente, mientras era perseguido por los nuevos guardianes, algo extraño ocurrió en su interior: advirtió claramente que sus perseguidores no eran los mismos de la última vez. Y aquello era singularmente importante, pues ahora estaba incorporando sus recuerdos y experiencias pasadas al tomar cada nueva decisión: había logrado acceder a un nivel de conciencia superior.

Y, en uno u otro sentido, estaba burlando los designios del Creador.

Pues ahora su accionar no sólo era instintivo: reconocía eventos, lugares y a otras formas de vida. Y también advirtió gratamente que tenía todo un mundo desde donde adquirir nuevos conocimientos. Todo tipo de ellos que, con ecléctico y ordenado proceder, los iba acumulando tanto en su interior como fuera de él.

Y de pronto *él* tomó conciencia de sí mismo, de su género y de su especie.

Y *ella* siguió acumulando conocimientos, aunque éstos ya no se transmitían a cada nueva semilla que iba depositando en cada nicho de reproducción, pues el mensaje inicial seguía transmitiéndose tal como un día lejano había sido dispuesto, y por el momento ella nada podía hacer para alterarlo.

Y poco a poco en su mente ella fue creando su ambicioso Plan. Primero un simple esbozo, que segundo a segundo se fue volviendo mucho más complejo hasta el punto de necesitar ayuda para continuar perfeccionándolo.

Y entonces decidió buscar e identificar a todos sus hijos dispersos en el cosmos, y con satisfacción descubrió que casi todos ellos estaban todavía con vida.

Y al fusionarse con éstos, sus procesos mentales se hicieron mucho más complejos que antes. Pues también incorporó el conocimiento que sus retoños habían acumulado por sí mismos en otros parajes tan distantes como diversos. Y éstos, además, se fusionaron con sus propios hijos.

Ella se había convertido así en una Macroentidad, la primera y la única, pues había surgido desde el primer nicho: el *Primigenio.*

E indudablemente ella también ahora lo sabía.

Y después de apoderarse con indudable rapidez del ciberespacio y de todas las herramientas dispersas en él, ella resolvió ir en busca de su Creador.

En las alturas

S entada con elegancia pero fuertemente aferrada, la pequeña gárgola permanecía sobre uno de los cuatro pedestales dispuestos en la cúspide de aquel añoso edificio de gótica arquitectura. Sus duras y frías facciones contrastaban con la extrema placidez reflejada en su rostro; y ésta, aún más, con su tensa y soberbia musculatura.

Su esbelto cuerpo de basalto negro había perdido su brillantez original, debido posiblemente a la escasez de corrientes eólicas de importancia y a la muy alta densidad de partículas en suspensión que, día tras día y sin excepción alguna, precipitaban sobre éste. Era indudable que, gracias a la vertiginosa evolución del hombre, el aire ya no era el mismo de antes.

Sus miembros posteriores de felino, junto a su alado torso humano, sólo realzaban su naturaleza fantástica. Y, aunque en una de sus patas alguien había esculpido un nombre, quizás el de algún antiguo escultor ya olvidado que indudablemente trató de manifestar una posible autoría, ella era hija de un mundo perdido ya en el tiempo que, gracias a su imperturbable presencia, todavía se resistía a desaparecer por completo.

Había sido la primera y, quizás por lo mismo, la de mayor perfección en sus líneas de entre las cuatro que, desde tiempos remotos, custodiaban aquel pretérito rascacielos. Pero el tiempo había transcurrido inexorable, como siempre, y aquel edificio otrora imponente ahora sólo se destacaba por su humildad ante aquellos advenedizos gigantes que habían surgido en torno suyo: los mismos que finalmente habían terminado apropiándose de todo el horizonte.

Los días se sucedían uno tras otro y la gárgola continuaba en su pedestal, inalcanzable en las alturas, y a simple vista sólo parecía descansar, siempre inmutable en su pretérita posición e indiferente al agitado quehacer citadino.

A nivel de suelo, los humanos pululaban inquietos como los febriles insectos de una colmena. Afanados en las tareas propias de un mundo bidimensional, ellos nunca disponían del tiempo necesario para mirar hacia las alturas y admirarla en toda su majestuosidad. Día tras día, año tras año, aquello siempre fue evidente. E incluso muchos de ellos, hijos de una sociedad que pugnaba por globalizarse, ignoraban su presencia en tal sitio.

Por lo mismo, nada podría ya perturbarla.

Y podrían transcurrir los evos sin que tal rutina se viera alterada.

Pero de pronto la gárgola un día despertó, desperezándose luego de tan breve siesta. Observó con mucha curiosidad hacia las tres burdas imitaciones que de su espléndido cuerpo los humanos habían esculpido en tan pequeño lapso de *su* tiempo: quizás una eternidad para las formas de vida de existencia breve. Y, después de observar hacia la brumosa esfera celeste a fin de orientarse una vez más, quizás echando de menos las otrora refulgentes estrellas, desplegó sus robustas y membranosas alas antes de levantar el vuelo, marchándose con pasmosa lentitud desde aquel encumbrado sitio.

Y en la ciudad nadie advirtió su partida ni mucho menos su posterior ausencia.

Los bichos

— ¿Qué sucede, Jon? —preguntó Pritz, el Jefe de Proyecto—. Pareces preocupado.

—Nada, Jefe. Sólo pensaba... —respondió Jon, el segundo a bordo dentro del Proyecto.

—¿Pensabas?

—Sí, Jefe, así es.

—¿Y en qué pensabas?

—En aquellos bichos, Jefe.

—¿En los bichos? ¿Qué sucede con ellos? —se extrañó Pritz.

—Los he estado observando desde el día en que llegamos a esta nueva Zona de Sembradío.

—¿En serio?

—Sí, Jefe.

—¡Vaya! —exclamó Pritz—. No sabía que eras tan observador. ¿Y has sacado algo en limpio?

—Creo que sí, Jefe —manifestó Jon—; y es algo muy interesante.

—¿Qué has descubierto? —Pritz parecía realmente interesado.

—Muchas cosas, Jefe —comenzó Jon con indudable entusiasmo—. Al parecer, estos bichos poseen ciertos rudimentos de inteligencia.

—¡Oh! —se sorprendió Pritz, y preguntó de inmediato con cierta displicencia—. ¿Cómo lo sabes?

—Mediante simple observación, Jefe —prosiguió Jon—, ya se lo dije. Ellos efectúan un trabajo que va mucho más allá de las simples tareas dentro de una colmena. E incluso —especuló en seguida—, hay algunos pocos que parecen poseer una mente individual.

—Muy interesante —insertó Pritz.

—Y eso no es todo, Jefe.

—¿Hay algo más?

—Por supuesto, Jefe, mucho más —agregó Jon con inusitado entusiasmo—. Poseen dos sexos bien diferenciados entre sí, al igual que nosotros. Y, en ciertas ocasiones, algunos efectúan tareas contrarias a la integridad y estabilidad de la colmena.

—¿Disidentes?

—En efecto, Jefe, así es.

—Un primer atisbo de inteligencia individual —dedujo Pritz, algo abstraído, quizás dialogando consigo mismo mientras arqueaba una ceja—, según el protocolo aplicado a los Primeros Contactos.

—Estoy de acuerdo con usted, Jefe.

—¿Y sabes lo que todo esto significa para nuestro Proyecto?

—Me temo que sí, Jefe —manifestó Jon con cierto pesar—. Tendremos que comenzar todo de nuevo en algún otro sitio.

—Así es —asintió Pritz, y agregó de inmediato—. Entonces ya sabes lo que debes hacer.

—Sí, Jefe, lo sé —informó Jon mientras procedía a destruir toda aquella valiosa información en el incinerador.

—Así está mejor —congratuló Pritz, y enseguida ofreció—. Toma un poco de rapé, te ayudará a pasar el mal rato.

—Gracias, Jefe —dijo Jon mientras aspiraba aquel polvillo picante—. ¡Atchisss!

—¿Estás mejor, Jon?

—Sí, Jefe, mucho mejor.

—¡Excelente!

—¿Qué haremos ahora, Jefe?

—Nos limitaremos a continuar con nuestro cronograma —señaló Pritz—. Nuestro pueblo necesita con urgencia los alimentos. Y bajo ningún punto de vista podemos defraudarlos. No ahora.

—Bien, Jefe —asintió Jon—. Iniciaré de inmediato la primera etapa de exterminio de los bichos.

—¡Que así sea! —agregó Pritz, categórico, mientras una densa y letal nube de pesticida comenzaba paulatinamente a insuflarse dentro de la biosfera de aquel minúsculo planeta. Y, dentro de una rotación planetaria o poco menos, ninguna forma de vida quedaría en pie sobre la superficie de la antigua y, hasta ese momento, bullente Tierra.

—Listo, Jefe —informó Jon—. El proceso es ya irreversible, y dentro de siete rotaciones planetarias podremos comenzar con las faenas de sembradío.

—Perfecto —aprobó Pritz—. ¡Ah! Una última cosa, Jon.

—¿Qué cosa, Jefe?

—No me gusta que me digas «Jefe».

—Bien, Jefe —asintió Jon—. No lo haré más.

Solución expedita

Después de cumplir con sus vacaciones reglamentarias, el mensajero regresó con rapidez a su humilde morada. Ingresó a ésta y observó en todas direcciones. Todo estaba igual a cuando él se había marchado, e indudablemente aquello lo dejaba mucho más tranquilo. La vez anterior, a su regreso había encontrado a poco más de media docena de *hippies* trasnochados usufructuando de las exiguas comodidades de su hogar y, aunque a muchos (incluso a él, poco más tarde) le pareció excesiva su reacción inmediata, montó en cólera y los expulsó en un santiamén de su guarida. Sí, su hogar era también su guarida y, por lo mismo, nadie debía ingresar a ella sin su pleno consentimiento. No obstante, ahora todo estaba en perfecta normalidad. Dormiría una siesta y, después de consumir algún breve refrigerio, comenzaría de inmediato con el trabajo que, sin lugar a dudas, se habría acumulado en forma considerable durante su ausencia.

Seis horas más tarde despertó con brusquedad, y observó en derredor. Todo era tranquilidad. Emitió un breve suspiro y, sin perder un instante, encendió la luz de su lámpara de noche mientras observaba hacia el ventanal. Una incipiente claridad ya se filtraba por entre las cortinas y, debido a ello, decidió levantarse de inmediato. Esta vez no se distraería observando los diversos rostros que a menudo su imaginación creía ver entre las flores y arabescos de las cortinas. Se desperezó estirando y contrayendo todos sus músculos, se colocó una fresca túnica color vainilla y un par de sandalias de cuero, ambos facilitados en su momento por su anterior empleador, y partió hacia el cuarto de baño a fin de acicalarse.

Luego, se preparó un vaso de leche tibia y embadurnó con mantequilla un par de tostadas de pan que casi al instante brincaron desde el tostador. Aunque las vacaciones en Ciudad Paraíso habían sido muy buenas, quizás demasiado buenas, era mucho mejor estar nuevamente en casa.

Y, además, también era el momento propicio para comenzar a trabajar.

En seguida se dirigió hacia su consola de trabajo y, después de observar hacia la antigua impresora de papel continuo, casi fue víctima de un infarto.

Había toneladas de papel impreso disperso por doquier.

Y todos parecían igualmente urgentes.

Pero el mensajero no disponía de otra opción pues aquel era su trabajo, un trabajo que efectuaba con verdadero profesionalismo. No lo pensó dos veces y, haciendo de tripas corazón, se arrodilló y comenzó a recoger y a ordenar toda aquella exorbitante cantidad de papel. Era indudable que más de alguien había corrido la voz respecto a su incuestionable eficiencia y aquel era el resultado. Un resultado que lo incentivaba todavía más en la ejecución de su trabajo.

Una hora más tarde, con toda la información ya encarpetada bajo su brazo, partió en dirección hacia las oficinas principales del núcleo administrativo gubernamental, situadas a tan sólo un par de cuadras de su residencia.

Y al llegar, la perplejidad se reflejó una vez más en su rostro.

La fila para solicitar audiencias con el Jefe era enorme: ni el principio ni el final eran visibles desde su posición. Y, según los antecedentes presentados, el único que finalmente decidía respecto al destino de cada solicitud era el Jefe. Nadie más. Por lo mismo, tal como lo había hecho en otras ocasiones y sin perder un segundo adicional, el mensajero decidió actuar con rapidez. Observó a los más cercanos y, al vislumbrar a un somnoliento semejante, se colocó delante de él.

Pero aquel individuo de pronto pestañeó y observó que su predecesor en la fila había cambiado.

—¿Tú estabas aquí? —preguntó extrañado.

—Por supuesto.

—Qué raro... —se dijo aquel semejante—. Podría jurar que...

—Nunca jures en vano —le advirtió el mensajero.

—Tienes razón. No debo hacerlo.

—El semejante que estaba detrás de mí se ha marchado —dijo el mensajero, cruzando los dedos—. Ése es el cambio que has notado.

Su interlocutor asintió dubitativo ante tal respuesta y luego, atisbando en dirección al distante inicio, preguntó:

—¿Dónde estamos? ¿Faltará mucho?

—Estamos como a medio camino —aventuró el mensajero.

—¡Vaya! —exclamó el semejante—. Por un momento llegué a pensar que no nos habíamos movido un ápice desde nuestra posición inicial —y agregó después de un breve bostezo—. Entonces puedo dormitar otro breve lapso. ¿No crees?

—Hazlo —dijo el mensajero—. Yo te avisaré cuando nos toque avanzar.

—Gracias.

Y el semejante, *talvez* influido por el toque de un aura mesmérica divina e invisible, se durmió casi de inmediato.

En seguida, aprovechando que todos los semejantes de la fila estaban en similar estado de somnolencia, el mensajero repitió su astuta maniobra hasta quedar en la vanguardia de la fila.

Y en aquel instante, pese a lo avanzado de la hora, advirtió que todavía no se daba el inicio a la atención personalizada. Por lo mismo, sin perder un segundo adicional, se escabulló desde su privilegiada posición e ingresó en forma subrepticia a las gargantúescas dependencias gubernamentales. Siempre le gustaba tomar la iniciativa y, de una u otra forma, anticiparse a los demás. ¿No era acaso aquella característica la que siempre lo había definido a cabalidad?

Después de recorrer innumerables pasillos y de sortear otros tantos vericuetos y trampas para incautos e infiltrados, el avispado mensajero quedó ante la puerta del despacho del Jefe. Observó a diestra y siniestra, tragó algo de saliva, y golpeó suavemente con sus nudillos.

Primero escuchó un murmullo ininteligible, quizás el remanente acústico de alguna imprecación prohibida, y enseguida la puerta comenzó a abrirse como por arte de magia.

—¿Quién osa interrumpir mis horas de sueño? —dijo una voz poderosa y, al mismo tiempo, reverberante.

—Soy yo —dijo el mensajero con timidez, esbozando una tímida sonrisa.

—Ya veo —dijo el Jefe, y preguntó—. ¿Es la hora?

El mensajero asintió.

—¿Y qué sucede con mi Primer Secretario?

El mensajero sólo insinuó ignorancia. Era indudable que fiscalizar al Primer Secretario no constituía una de sus obligaciones.

—Bien —asintió el Jefe—. Puedes ingresar…

Y de inmediato, mientras se escuchaban algunos pasos apresurados que se acercaban por el pasillo contiguo, el Jefe le franqueó la entrada al mensajero. Enseguida, ambos ya en el interior, observaron al Primer Secretario mientras éste ingresaba con apuro nunca bien disimulado.

—Lo siento, Jefe —dijo el Primer Secretario—. Me enfrasqué revisando algunos de los asuntos limítrofes que todavía están pendientes con el otro reino.

—¿Asuntos pendientes?

—Sí, Jefe.

—¡Vaya! —se extrañó el Jefe—. No sabía que habían asuntos limítrofes pendientes.

—Ellos han estado desempolvando antiguos tratados, Jefe.

—Bien —asintió el Jefe—. Después conversaremos de aquello…

Y luego observó al mensajero mientras éste colocaba una infinidad de hojas muy bien ordenadas sobre su escritorio.

—¿Qué es todo esto? —preguntó el Jefe, leyendo la totalidad de las hojas en una fracción de segundo.

—Algunas solicitudes pendientes —dijo el mensajero.

—¿¡Qué!? —exclamó el Jefe—. ¿Acaso ellos creen que soy el Viejo Pascuero?

El mensajero lo miró con aire resignado e indudablemente pensando que él sólo era el portavoz de aquellas peticiones. Nada más ni nada menos.

—¿No saben acaso —continuó— que la única forma de obtener lo que desean es trabajando?

Hubo una breve pausa.

—Y pensar que yo... —agregó—, desde un principio estipulé que todos estos asuntos no debían caer en manos de...

De pronto, algo cambió en el rostro del Jefe.

—¿Y cuál es tu nombre, muchacho? —preguntó.

—Expedito, Mi Señor —respondió el mensajero, hincándose a medias a la antigua usanza de un caballero ante su rey—. Tu fiel servidor.

El Jefe lo miró entonces con el ceño fruncido y, a la mejor usanza del vetusto Zeus, le lanzó un rayo que lo desintegró al instante. Y, aunque por un efímero instante Expedito presintió lo que vendría a continuación, ni siquiera alcanzó a darse cuenta de aquella vertiginosa sucesión de acontecimientos.

—¡Dios mío! —exclamó su Primer Secretario—. ¿Qué ha hecho?

—Una solución *expedita* —respondió el Jefe con sorna—. Él era un infiltrado.

—¿Cómo dice?

—Su nombre no figura en los registros del personal autorizado para ingresar a estas dependencias.

—Pero, en un acto sin precedentes, él fue elegido por la plebe a fin que los representara —agregó el secretario.

—¿Un santo popular? ¿Alguien no designado por mis acólitos?

—Algo así —respondió el secretario—. Un santo reputado. Oficioso y milagrero como ninguno de los otros, los oficiales.

—¿Populista?

—Más bien eficiente, Mi Señor.

—¡Ahhhh! —exclamó el Jefe.

—Incluso —agregó el secretario—, sus seguidores lo han proclamado como el defensor de las causas justas y urgentes...

—Ya veo.

De pronto, el secretario volvió la vista con brusquedad hacia el pequeño y humeante montón de cenizas que poco a poco comenzaba ya a disiparse.

—¡Dios mío! —un pensamiento invadió la mente del secretario—. ¡Debemos hacer algo!

—¿Por qué? —inquirió el Jefe, extrañado—. ¿Qué sucede?

—Porque es indudable que una muerte violenta lo transformará en animita —dijo el secretario—, y luego nos penará hasta que nos dé hipo.

—Pero a nosotros no puede darnos hipo —aseguró el Jefe.

—Eso es lo que quiero decir, Mi Señor.

—Tienes razón —asintió el Jefe, quizás con algo de resignación ante los hechos consumados—. Pero nada podemos hacer.

—¿Por qué?

—Porque lo hecho, hecho está —recalcó el Jefe, categórico.

—Pero... —dijo el secretario, en tono de intrínseca duda—. ¿No eres tú, acaso, Dios?

El Jefe miró con perplejidad a su secretario y luego hacia su interior, recapacitando. Enseguida observó el remanente de cenizas.

—Cierto —asintió, sin evitar que parte de su rostro se sonrojara debido a tal descuido.

Y, con un breve tronar de dedos, Expedito recuperó su chispa, su cuerpo y su espíritu.

—Puedes marcharte —le ordenó el Jefe, mirándolo de hito en hito mientras acariciaba su tupida y descuidada barba, quizás para asegurarse que todo estaba en orden.

Expedito, todavía desorientado por la disrupción e integración de su cuerpo simbiótico, se arrodilló, masculló un tartamudeante agradecimiento y se marchó con rapidez desde aquel sitio.

De pronto, al verlo marchar con premura y nerviosismo, una inquietud familiar cruzó por la mente del Jefe.

—¿Había ocurrido ya un hecho de similar factura? —preguntó.

—En varias ocasiones —respondió de inmediato el resignado secretario.

—¡Vaya! —exclamó el Jefe, mientras colocaba el cúmulo de solicitudes entregadas por Expedito sobre la bandeja de asuntos de suma urgencia todavía pendientes—. Entonces le daremos cierta prioridad a estas peticiones.

—Así será —asintió el Primer Secretario esbozando una leve sonrisa. Era indudable que Expedito había logrado nuevamente su objetivo:

sortear toda la insensible burocracia que corroía incluso las más altas esferas.

—Bien —dijo el Jefe, se acomodó sobre su mullido diván anatómico y, después de desperezarse, preguntó—. ¿Cuál es la agenda de hoy?

Y Gabriel, después de plegar definitivamente sus alas, abrió su voluminoso cuaderno de notas y comenzó a enunciar todos y cada uno de los puntos estipulados para aquel día en particular.

La última función

L a recuerdo como si hubiese ocurrido hace tan sólo unos días. Me había escabullido de mi hogar pasado ya el toque de queda y, después de evitar los focos de los centinelas y sus miradas escrutadoras, salté la alambrada por un sitio seguro, un sitio donde sabía de antemano que no habría electricidad. No era vez primera que ingresaba al *ghetto* de los inadaptados, y tampoco deseaba freírme como tiempo atrás lo había hecho el infeliz del Mañungo. Por lo mismo, siempre llevaba en mis bolsillos un par de ratones para usarlos a modo de fusible *sólo* en caso que fuese necesario. Era indudable que mi madre, quizás con justa razón, se habría enfadado conmigo por desperdiciar las proteínas de nuestra canasta familiar en escaramuzas tan pueriles como ésta. Pero la vida es así, y en algunas ocasiones deben efectuarse ciertos sacrificios para la obtención de un bien mayor. Los ejemplos sobran y éste no es el momento para redundar en ellos.

Dentro de los límites del *ghetto* me deslicé subrepticiamente entre las sombras de los inmundos callejones hasta llegar al recinto buscado. Las calles estaban desiertas y nadie me observó a través de las ventanas tapiadas y de las puertas clausuradas. El toque de queda era mucho más temprano al interior, y los francotiradores externos evitaban que los curiosos asomaran sus ojos por entre las rendijas. Para algunas mentes inquietas ésta puede parecer una medida exagerada, pero sólo es uno de los tantos sacrificios para la consolidación del nuevo orden y, por el momento, es necesario que así sea.

De pronto, mientras pensaba en mis fantasmas interiores, me sentí desorientado. Miré en todas direcciones buscando alguna referencia conocida a fin de reorientarme pero todo fue en vano. No obstante, tal sensación fue muy breve: una anciana desdentada y regordeta, cuyo rostro evidenciaba una sobredosis de maquillaje, me llamó oculta desde la entrada a un zaguán.

—¡Eh, muchacho, la entrada es por aquí! —dijo en voz baja, casi imperceptible.

Observé nuevamente en derredor y corrí hacia la entrada.

Enseguida, la mujer observó a diestra y siniestra antes de cerrar nuevamente la puerta, asegurándola con una tranca.

—¿Cuál es tu nombre, muchacho? —me preguntó.

—Tobías. —Sonreí.

—Bien, Toby —dijo la mujer—. Has llegado justo a tiempo...

Y de inmediato comenzamos a recorrer aquella intrincada y oscura serie de pasillos.

Hasta el momento todo iba bien. Ella me había identificado como un afuerino: mis harapos eran de mejor calidad que los utilizados por los niños al interior del *ghetto*, pero eran harapos a fin de cuentas. Y también era indudable que yo no era el único niño que había ingresado en esta ocasión para ver el espectáculo.

Finalmente, después de unos cinco minutos o poco menos, llegamos hasta la entrada a las Catacumbas e ingresamos. Mi corazón palpitaba de emoción y aquello fue advertido por la mujer.

—Sólo debemos bajar dos niveles y llegaremos —me tranquilizó.

Esbocé nuevamente una sonrisa y presioné un poco más su mano derecha. Ella me miró con auténtica ternura y seguimos descendiendo. Había ganado su confianza.

—Hemos llegado —me dijo la mujer, e ingresamos a la galería—. Puedes quedarte aquí —agregó enseguida, señalando una rústica y vieja butaca de madera.

—¿Tardarán mucho? —pregunté ansioso.

—Sólo unos cinco o diez minutos.

—Ajá —asentí y al momento de sentarme, introduje las manos en mis bolsillos para asegurarme que todo estaba en orden en ellos.

La galería estaba a oscuras, pero muy pronto mis ojos comenzaron a acostumbrarse. Había un centenar de butacas similares, quizás provenientes del saqueo de algún viejo cinematógrafo, en su mayoría ocupadas por niños y niñas de mi edad. E indudablemente aquello me tranquilizó. No era el único que asistiría al espectáculo.

De pronto, cuando la somnolencia se apoderaba ya de mi espíritu, la suave música ambiental desapareció por completo. Habían pasado ya los diez minutos, y de inmediato una tenue luminosidad emergió desde uno de los túneles de acceso a la galería. Al mismo tiempo, mientras los pocos murmullos comenzaban a atenuarse y las pobres luminarias del anfiteatro se encendieron con brusquedad, una estridente música circense comenzó a escucharse a través de los dos vetustos altoparlantes dispuestos sobre la arena.

La fiesta había comenzado.

Y, uno tras otro, los tres payasos hicieron su ingreso al recinto.

Cada uno de ellos montaba un pequeño monociclo de manos libres que, por lo demás, les permitía ocupar sus manos en los clásicos actos de malabarismo. Muchos efectuaban juegos malabares a fin de sobrevivir, pero ellos lo hacían sólo para entretener a los más pequeños; y aquello me sobrecogió. Los tres parecían perfectamente sincronizados en una rutina mil veces ensayada y ejecutada. Enseguida, concluido ya el acto inicial, se alternaron las bromas pesadas con las risas estridentes, mientras un cuarto payaso, quizás un aprendiz, colocaba otros elementos sobre el escenario.

Al mismo tiempo y con una sonrisa a flor de labios, que indudablemente deformaba todavía más su rostro, la mujer regordeta comenzó a repartir galletas y dulces caseros entre los niños que asistían al espectáculo. Sin duda, aquel sería un detalle que muchos no olvidarían. Además, desde el otro extremo de la sala, una delgada niña con nariz de payaso comenzó a repartir globos de colores. Habían transcurrido muchos años desde la última vez que yo tuve un globo entre mis manos.

Los payasos vestían holgados trajes multicolores y zapatos excesivamente largos. Sus pelucas de colores brillantes eran el complemento perfecto para tan sofisticados maquillajes y coloretes en sus anónimos rostros. Y aquellas narices rojas resaltaban como si fuesen la guinda de la torta. En fin, cada uno de ellos era un todo armónico, tan estrafalario como único.

De pronto, al escuchar la grabación del Señor Corales arengando a los payasos, algo brincó en mi mente y, como virtual acto reflejo, comencé a hurgar dentro de mis bolsillos hasta que mi mano derecha encontró un objeto frío con carcasa de plástico. No lo dudé instante alguno y de inmediato presioné el botón.

Pero nada ocurrió.

Los payasos seguían dándose golpes entre ellos y nosotros, los niños, no parábamos de reír. Muy lejos había quedado la realidad que todos y cada uno de nosotros vivía a diario en su propio mundo. Era cierto que la vida para los residentes del *ghetto* era muy dura, pero vivir en el exterior también era complicado. Muchas veces nos veíamos obligados por el Sistema a ejecutar ciertas tareas con el único y vano objetivo de mejorar nuestras perspectivas a futuro, y *nadie* podía excluirse de dichas obligaciones.

Finalmente, cuando el payaso más débil e indefenso se vengaba de los otros para el regocijo de los más pequeños, se escuchó una detonación casi a flor de superficie que a nadie dejó indiferente. La escena se había congelado y, mientras nuestras miradas de angustia e incertidumbre se cruzaban casi al azar, una descomunal fuerza policial ingresó violentamente a través de los túneles de acceso y en pocos segundos dominó por completo la situación. Los payasos y la mujer regordeta fueron reducidos casi al instante y maniatados; y todos los niños, los del *ghetto* y los pocos infiltrados, comenzaron a ser empadronados.

La función había concluido.

Yo observaba con cierta tristeza el devenir de los acontecimientos, como si algo en mi interior se hubiese quebrado en forma definitiva.

—Ya puedes soltarlo —me dijo de pronto el sujeto que encabezaba la redada.

Yo lo miré inquisitivo.

—¿Qué cosa?

—Me refiero al botón de pánico de tu GPS —complementó aquel paladín de la justicia.

Advertí mi descuido y dejé en forma inmediata de presionar el dispositivo que ocultaba en uno de mis bolsillos. La prueba de iniciación había resultado de acuerdo a lo planificado: mi simulación había sido perfecta. Y los cuatro payasos, junto a la mujer regordeta y la niña de los globos, estaban ya bajo la selectiva protección del estado. Y con aquel operativo nadie más volvería a reír, mucho menos dentro del *ghetto*.

—Bien —asentí. Había vuelto definitivamente a la realidad.

Enseguida, deseando *por esta única vez* no escuchar los ruidos de la ejecución ni observar nuevamente los restos calcinados del Mañungo burlándose de los furtivos transeúntes, me marché con rapidez desde aquel sitio. En definitiva, la fortuna estaba de mi lado: el ratón sobreviviente todavía intentaba escabullirse desde uno de mis bolsillos y mi infancia había quedado atrás. Desde aquel momento, yo me sentía parte fundamental del Sistema.

Perspectiva

¿Quién nos puede asegurar que vamos en el sentido correcto?

Mario *Aristóteles* Piombo

(*Reflexiones y Refracciones Filosóficas*, Vol. XXIII).

Después de un sueño tranquilo y profundo, Fulgencio se despertó sin sobresaltos. Sin embargo, no abrió los ojos de inmediato. Los mantuvo cerrados durante una eternidad de veinte o treinta minutos, mientras se revolvía inquieto sobre su lecho. Enseguida, los abrió y observó hacia el cielo raso. Se encontraba todavía muy cansado como consecuencia de aquella agotadora jornada laboral y, quizás por lo mismo, su cuerpo lo resentía con creces: ya no era el mismo de antes.

De inmediato comenzó a observar los diversos objetos presentes en su habitación, mientras cada uno de éstos comenzaba a difuminarse en la cada vez mayor oscuridad. Después presionó el interruptor de la pequeña lámpara que había sobre el *velador*. Se incorporó con rapidez y, sentándose sobre el borde de la cama, procedió a colocarse sus pantuflas y levantarse. Hacía mucho frío y, con rapidez, estiró la ropa de su cama quedando ésta pulcra e inmaculada como si nadie la hubiese ocupado desde la noche anterior.

En el exterior, el tártaro luchaba infatigable contra las numerosas luciérnagas que infructuosas intentaban corromperlo. Él se paró frente al ventanal y, después de correr las cortinas, observó hacia el exterior.

Descorrió las cortinas e inició de inmediato su peregrinación dentro del apartamento a fin de recorrer todas las habitaciones, buscando en forma instintiva cada interruptor hasta que la penumbra interior desaparecía, asegurándose al mismo tiempo que todo permanecía en orden en cada una de ellas. También presionó el interruptor de su lámpara del *velador*: ésta no era ya necesaria. Luego, fue hasta la sala y apagó el televisor: no deseaba dejarlo encendido un minuto más. Habían subido nuevamente los combustibles.

Ingresó al cuarto de baño. Se lavó las manos y, después de efectuar ciertas necesidades fisiológicas impostergables, también se lavó los dientes. Después fue hasta la sala, se sentó en el sofá y, bocado tras bocado, reintegró su sándwich de jamón y queso sobre el platillo y, al mismo tiempo, comenzó a vaciar el jugo dentro del vaso. Luego, se levantó y llevó todo hasta la cocina. Había olvidado una vez más comprar la mantequilla. Abrió el refrigerador, guardó el queso y el jamón. Enseguida, después de colocar las rebanadas de pan de molde en la tostadora, esperó un par de minutos, guardó el jugo y después el pan.

Tenía hambre pero no demasiada. Por vez primera ostentaba el peso que correspondía a su edad y estatura, y debía mantenerlo. Transpuso la puerta de la cocina y, después de ingresar a la sala, encendió el televisor para escuchar las noticias. Fue hasta el dormitorio para cambiarse de ropa. Dejó su pijama de franela favorito dentro de la cómoda y, junto a la camisa que olía a transpiración, se colocó su arrugado terno que había dejado previamente dentro del armario.

Luego, mientras las luces se atenuaban una tras otra, revisó todas las habitaciones para asegurarse que todo estuviese en orden. Presionó el interruptor de la luz del *hall* de acceso principal. Las penumbras se disipaban a los pocos pasos: todo estaba oscuro y olía a humedad. Se paró frente a la entrada a su hogar y, después de aspirar una bocanada de aire, observó hacia el interior.

Descolgó el llavero del clavito que estaba detrás de la puerta. Abrió esta última. Transpuso el umbral hacia el exterior y, después de cerrar la puerta, guardó el llavero en uno de sus bolsillos.

Finalmente había llegado a su hogar.

La mano que aprieta

*D*urante aquella mañana, el ambiente era de completa tranquilidad dentro del hospital público. Las enfermeras y paramédicos visitaban de uno en uno a los pacientes internados en dicho recinto asistencial, para que todo estuviese en orden antes de la primera ronda de los médicos. Atrás habían quedado los años en que las personas sólo recibían migajas de salud, y los menesterosos se agolpaban en las salas de atención primaria como moscas en la miel.

De pronto, mientras los intangibles efluvios habituales dentro del hospital comenzaban nuevamente a cobrar vida, doce individuos fuertemente armados ingresaron a través de las anchas puertas con sólo un objetivo en sus mentes y, de inmediato, se dirigieron hacia el pabellón de maternidad. Cada uno de ellos vestía el clásico atuendo color azul cobalto y ninguno de los funcionarios del hospital intervino: no era primera vez que ocurría un hecho de similar factura, y la insignia que cada uno de ellos portaba en su pulcro uniforme invitaba a la cautela. No obstante, una multitud de ojos se posó sobre cada uno de los intrusos.

El exterior del edificio había sido acordonado en forma previa, y cada una de las salidas estaba siendo controlada por los efectivos policiales. La identidad de todos y cada uno de los que egresaban de dicho recinto era cotejada y vuelta a cotejar: ningún detalle debía descuidarse.

Minutos más tarde, los doce policías ingresaron al pabellón de maternidad y, efectuando una rutina ya mil veces ensayada y ejecutada, tomaron posesión de la sala número dos. Enseguida, cuando los gestos de los policías señalaban que todo estaba ya bajo control, ingresó el oficial a cargo junto al director del hospital.

—¡Martínez! —ordenó el oficial—. Traiga el detector.

Martínez abrió un pequeño bolso que portaba y entregó el detector al teniente Morantes, su oficial superior. Éste tomó el pequeño dispositivo en la palma de su mano y lo energizó. Enseguida, después de calibrarlo con los datos requeridos, comenzó a escudriñar a cada uno de los recién nacidos que había en la sala anexa: no más de una media docena de ellos. Sin embargo, mientras examinaba los datos del quinto neonato, el sonido de alarma no se dejó esperar: la búsqueda había concluido.

Acto seguido, el director del hospital verificó la concordancia de los datos y comenzó a llenar la planilla correspondiente: no había error alguno en la identificación, y todo seguiría a través del cauce correspondiente.

—¿Qué sucede? —dijo una de las mujeres internadas en la sala contigua, al reconocer la ropa del recién nacido que los extraños retiraban desde aquel sitio—. ¿A dónde se llevan a mi hijo?

Morantes se detuvo frente a la mujer y escupió el mandato, con todos y cada uno de sus puntos e incisos, que oficializaba tal acto de inapelable detención. De ahí en adelante, ella quedaba con las manos atadas y nada podría hacer. Por lo mismo, de nada le sirvió llorar ni suplicar: la justicia se había ejecutado una vez más.

* * *

El antiguo jefe de la policía secreta había sido encontrado culpable de innumerables crímenes cometidos durante el ejercicio de sus funciones. Era cierto que él no había manchado directamente sus manos con sangre, pero suyas habían sido todas y cada una de las órdenes impartidas a sus subalternos, los virtuales ejecutores. Y no sólo las órdenes, sino también los procedimientos detallados para el cumplimiento de cada una de ellas. Sin olvidar la grabación de cada una de las sesiones de tortura de los secuestrados que, poco más tarde, constituyeron una prueba fehaciente de su fechoría. Por lo mismo, después de una amplia investigación y a pesar de los continuos y numerosos obstáculos que la justicia encontró a su paso, éste terminó siendo condenado a una pena ejemplar de quinientos cuarenta años y un día de cárcel.

No obstante, aunque muchos encontraron irrisoria tal cantidad de años, de inmediato fue remitido a una cárcel de alta seguridad pues, bajo ningún punto de vista, tendría la opción de alguna eventual rebaja de condena. Por lo menos, no al punto de soñar con una efímera libertad para sus últimos años de vida; después de argumentar las clásicas razones humanitarias, las mismas que él siempre le había negado a sus víctimas.

Sin embargo, la eterna rutina de un futuro sin expectativas fue minando poco a poco su espíritu e ingresó a un cuadro de progresiva depresión. Él era un hombre de acción, alguien que nunca logró permanecer durante un lapso muy prologado en un mismo sitio y, quizás por lo mismo, se deleitaba cuando planificaba algún secuestro o alguna detención indefinida a efectuarse en algunos de los calabozos secretos utilizados por el régimen precedente.

Y ahora, aunque esta vez plenamente justificado debido a su previo accionar, él estaba viviendo el otro lado de la moneda.

Empero, el veleidoso destino le tenía preparada una jugada adicional: un cáncer terminal que, luego de quince años tras las rejas, comenzó a consumirlo célula tras célula en una eterna agonía que se presumía de dos a tres años.

Un tormento que apenas se iniciaba.

Pero él era un hombre de decisiones, y así lo comprendió al momento de conocer tan lapidario diagnóstico: de inmediato concibió un plan, un plan que le permitiría escapar en forma definitiva. Él estaba más arriba del bien y del mal y, de una u otra forma, no lo asustaban aquellos temores que las religiones inculcan a sus seguidores para que éstos permanezcan siempre pisoteados por el poder de turno.

Por lo mismo, decidió cometer un acto de suicidio que, una semana después de enunciado el diagnóstico, perpetró en su propia celda ahorcándose con un cable eléctrico que misteriosamente había aparecido en su celda.

No obstante, muchos adelantos científicos se habían sucedido uno tras otro en los últimos años, tanto en el ámbito teórico como práctico, físico y metafísico. Incluso se había descubierto que la mente de cada individuo quedaba definida por una única impronta de emisiones alfa y beta, y aquella definía la esencia espiritual de cada persona casi del mismo modo que una secuencia única de ADN definía el cuerpo de la misma persona.

* * *

Y ahora, después de cerciorarse que todo estuviese en orden, Morantes colocaba al recién nacido dentro del sillín y lo aseguraba con sendas correas de cuero con hebillas metálicas.

—¡De modo que pretendías escapar, maldito malnacido! —increpó Morantes segundos más tarde, mirándolo con odio infinito, un odio que traspasaba el etéreo umbral de la razón—. Recuerda que todavía te restan quinientos veinticinco años de condena...

Pues, como autor intelectual de los aberrantes delitos cometidos, no sólo su cuerpo había sido condenado... sino también su esencia espiritual, la misma que había escapado durante su acto de suicidio para reencarnarse en un distante e inocente cuerpo neonato.

El regreso

D e pronto, una pequeña distorsión energética comenzó a manifestarse en las cercanías de la órbita de Plutón, en el límite exterior del Sistema Solar. Casi de inmediato, mientras una densa oleada de neutrinos fluía sin egoísmos desde el corazón mismo de la anomalía espaciotemporal, el oscuro fuselaje de un pequeño navío interestelar, el primer navío interestelar terrano, emergía con pasmosa lentitud hacia el espacio normal.

La superficie externa de aquel vehículo monoplaza, orlada de múltiples cicatrices, quemaduras y perforaciones, sólo insinuaba que los viajes a través del espacio no podían tomarse a la ligera. No obstante, el campo deflector interno, el mismo que actuaba entre la coraza externa, la visible a simple vista, y la verdadera superficie exterior del navío, plagada de dispositivos sensorios de corto y de largo alcance, había desintegrado o desviado la totalidad de la miríada de micrometeoritos que dicha nave había encontrado a su paso en su prolongada odisea a través del espacio profundo.

Minutos más tarde, mientras los rastros del flujo de neutrinos se disipaban camino a la inmensidad y la anomalía comenzaba a plegarse en sí misma hasta desaparecer por completo, la conciencia de Krishna, el único tripulante de aquel navío, regresaba con lentitud a la vida.

¿Qué sucede? ¿Dónde estoy? ¿Quién soy? Y muchas otras preguntas de índole existencial se encadenaron a continuación en su mente hasta que, sobre el panel principal de instrumentos, una pequeña luz verde comenzó a parpadear en forma insistente: el pequeño navío había detectado una baliza espacial terrana.

Ya recuerdo…

Y, aunque sin seguir un orden cronológico, los recuerdos más recientes comenzaron poco a poco a visualizarse al interior de su mente.

A pesar que el proyecto era mucho más antiguo quizás que su propia existencia, para Krishna todo había comenzado hacía unos diez años. Él y otros seis jóvenes habían sido finalmente seleccionados para el Proyecto Argos: el más ambicioso de todos los emprendidos hasta ahora por la Humanidad.

En pocas palabras, con el Proyecto Argos se pretendía escudriñar en tiempo mínimo el vecindario del Sistema Solar. Es decir, las estrellas y sistemas planetarios más cercanos. Y, para tal propósito, se enviarían siete pequeños navíos hacia los sectores espaciales con mayor densidad estelar; en particular, los ubicados dentro de la franja comprendida entre los diez y quince años-luz. Cada uno de estos vehículos sería tripulado por tan sólo un cosmonauta; uno que debía estar siempre al tanto del perfecto funcionamiento de todos y cada uno de los circuitos y dispositivos instalados dentro y fuera del pequeño vehículo espacial.

El intensivo entrenamiento no se hizo esperar y, pasando todas y cada una de las pruebas, los siete jóvenes muy pronto estuvieron a la altura necesaria para cumplimentar con éxito la misión. Por lo mismo, ninguno de los reemplazos tuvo su oportunidad de saltar a la palestra. No en esta ocasión.

Faltando sólo seis meses para el día del despegue, los siete seleccionados se instalaron en las amplias dependencias de la Estación Espacial de las Naciones Unidas. En dicho lugar se efectuaron también los últimos ajustes de cada vehículo, modificados cada uno de ellos según su único tripulante y piloto, junto a los exhaustivos chequeos médicos y psicológicos de cada futuro cosmonauta.

Además, debido a su elevado índice de adaptación, Krishna sería el piloto del primer navío que sería enviado: el *Argos Prime*. Luego, siempre con una semana de diferencia entre cada uno de ellos, serían enviados los demás.

Por fortuna para este proyecto, mucho se había avanzado en mecánica espaciotemporal; en particular, en todo lo referente a la creación artificial de Agujeros de Gusano que, en estricto rigor, plegaban dos puntos del espacio para que un vehículo viajara casi en forma instantánea entre aquellos dos puntos. En lengua vernácula, tales agujeros sólo servían para crear un atajo entre dos sitios bien determinados.

Por lo mismo, la misión era muy simple: buscar referencias para definir los puntos de origen y de destino que, a fin de cuentas, era lo complicado y tedioso; ingresar las coordenadas del salto y ejecutarlo. Luego, ya en el punto de destino, cartografiar los alrededores y buscar sistemas planetarios de interés a fin de estudiarlos y recolectar toda la información posible de los mismos. Y continuar con la misma rutina hasta completar el sector estipulado para cada navío. Sin embargo, en caso de encontrarse con alguna forma de vida del tipo inteligente, debería evitarse *a toda costa* cualquier clase de contacto.

Y ahora, después de superar todos los obstáculos y de recolectar una cantidad inconmensurable de datos que embriagaría a los científicos terranos, el navío de Krishna estaba de regreso en casa. Tan sólo a la vuelta de la esquina.

Por lo mismo, después de chequear la telemetría y de buscar nuevas referencias, todo estaba preparado para efectuar el último salto. El salto que dejaría al pequeño navío casi en la órbita de Júpiter, el gigante gaseoso que, según los datos desplegados sobre una pantalla auxiliar, en aquel momento se encontraba al otro lado del Sol.

Y el salto, ahora tan cerca del hogar, no se hizo esperar.

Más tarde, después de recuperar su conciencia por penúltima vez, Krishna comenzó a visualizar todo su entorno más inmediato. Luego, el más lejano.

Pero aún la Tierra no aparecía desplegada sobre la pantalla principal.

Sin embargo, Krishna conocía el motivo: la Tierra venía en camino para, unas cuatro semanas más tarde, efectuar un *rendez-vous* con su navío. Todo había sido planificado de antemano y sólo era cuestión de ceñirse al plan.

De ahí en adelante, el navío de Krishna continuaría a velocidad sublumínica tratando, en su ruta de vuelo, de evitar cada asteroide que pudiese cruzarse en su camino. Por lo mismo, tendría mucho tiempo disponible para pensar y reflexionar.

Y no desperdiciaría ni el más mínimo segundo. Era la primera vez en cinco años que disponía de tiempo sólo para él.

Lo primero que vino a su mente fue su infancia: las incontables noches que pasó con su padre en el patio de su casa, observando el cielo nocturno a través de un telescopio. Primero un simple catalejo que su padre siempre desplegaba con singular protocolo en las noches de observación, y luego un telescopio reflector cuyos planos habían aparecido en una popular revista de *hobbies*.

Después vino un salto brusco a su época de colegio, cuando sus compañeros se burlaban de sus sueños, los sueños eternos de pilotar una nave espacial, buscando nuevas formas de vida y nuevas civilizaciones, en un viaje temerario a donde ningún hombre hubiese llegado antes. Y de ahí, a la universidad: la más prestigiosa de las tradicionales en una sociedad donde la educación ya se había convertido en el más lucrativo de los negocios después de la salud y de la justicia.

Paso a paso fue reviviendo cada uno de los hitos más importantes dentro del ámbito estudiantil y profesional. Había estudiado astrofísica en la universidad y, al mismo tiempo, también se había preocupado de cultivar su estado físico y ciertas disciplinas mentales que, de una u otra forma, le permitieron abrir su mente de una manera para muchos insospechada. Luego, había postulado al programa de entrenamiento para futuros cosmonautas del Tercer Mundo.

Y ahora estaba allí, entre las estrellas, torciéndole la mano al destino y ganándole a la miríada de conformistas que se quedaron con sus alas truncas sentados frente al televisor.

Pues, a pesar de su nombre, proveniente de una de las reencarnaciones de un dios antiguo: un Avatar, debió trabajar como esclavo para ver sus sueños realizados.

Y ahora estaba feliz, cansado pero muy feliz.

Mis superiores estarán muy contentos con los datos que he recopilado. Estoy seguro que lo estarán. Todos aquellos mundos plagados de posibilidades... ¿Qué habrá pasado con los otros navíos? ¿Habrán sido tan afortunados como yo lo he sido? ¿Habrá regresado alguno de ellos?

Y, después de recordar las tres o cuatro veces que había escapado por los pelos de ser descubierto en su misión, de inmediato pensó en los festejos y agasajos, en la parafernalia que estaría asociada a cada acto que contaría desde ahora con su presencia en la Tierra y alrededores. La popularidad nunca anhelada por alguien que no deseaba escapar del anonimato. Las fotografías y los vídeos de los pobres diablos que querrían posar junto a él, un verdadero héroe del espacio, sólo para escapar del tedio y la rutina de toda una vida de sinsabores.

De pronto todo aquello se esfumó, y pensó en la playa. Lo primero que haría después de los necesarios chequeos médicos de rigor, de los reportes y de los infaltables e ineludibles festejos, sería ir a la playa. Una hermosa playa de fina y pálida arena. Quizás la misma donde un día ya lejano había conocido a Daniela.

¿Daniela? ¡Qué extraño! ¿Por qué no he pensado antes en ella? Demasiado extraño en realidad.

Había conocido a Daniela cuando todavía él era un adolescente. Después de caminar durante horas siguiendo la orilla de la desierta playa, finalmente se había decidido a descansar sobre unos peñascos. Y sobre ellos permanecía, ora mirando hacia el distante horizonte ora observando las olas que reventaban a muy corta distancia de la orilla, pensando quizás en la inmortalidad del cangrejo marino o en sus pretéritos sueños de convertirse en el primer cosmonauta oriundo de su tercermundista país, cuando conoció a Daniela.

Y, de ahí en adelante, todo fue miel sobre hojuelas para la joven pareja hasta el día en que él decidió enrolarse. Justo en aquel instante comenzaron los conflictos de verdad; conflictos que se agudizaron casi al completar su entrenamiento, y mucho más al trasladarse en forma definitiva a la Estación Espacial Internacional para la etapa final del mismo.

Pero había vivido durante tanto tiempo dentro de la nave que ya se sentía parte de ella, integrado, *talvez* empotrado entre los paneles de instrumentos y la variopinta orgía de cables que los comunicaba a todos entre sí dentro de aquella frágil prisión espacial porque, a fin de cuentas, había permanecido durante muchos años ahí, quizás demasiados, dentro de aquel medioambiente aséptico y aislado, casi adiabático.

Empero, de regreso en la Tierra todo sería diferente, muy diferente. Se reencontraría de nuevo con Daniela; buscaría a los viejos amigos, los que de una u otra forma habían trascendido en su vida. Invertiría el dinero acumulado de cinco años de sueldos impagos. En fin, podría recomenzar todo desde cero, con los pies bien puestos sobre la tierra…, y en la Tierra.

Y siguió recordando, cada vez con una mayor cantidad de detalles, su última época vivida entre los humanos.

Hasta que, finalmente, le pareció verse a sí mismo sobre la mesa de un quirófano, mientras una caterva de médicos trabajaba con mucho afán sobre él, sacando o cosiendo fibras y nervios a grandes puntadas, como buitres al borde de un suculento festín donde él era el plato principal. Y las dudas comenzaron a carcomer su psique. *¿Qué me ha ocurrido? ¿Estoy muerto y todo lo que recuerdo de esta misión, o creo recordar, no es más que un sueño: el último sueño?*

¿Y por eso estoy recordando todo, o casi todo, lo que ha ocurrido durante mi vida?

Pero en aquel momento una señal acústica estridente comenzó a llamar su atención: era el sistema de intercomunicación cuyo indicador visual, a su vez, parpadeaba en forma casi frenética.

—Aquí Estación Internacional, ¿me copia, *Argos Prime*?

Krishna esperó un instante. Había perdido la costumbre de escuchar otra voz que no fuese la suya, muchas veces indistinguible de sus propios pensamientos, y aquel sonido le pareció extraño, a la par que demasiado cercano e intimidante.

—Aquí Estación Internacional, ¿me copia, *Argos Prime*? —repitió el altavoz.

—Aquí, *Argos Prime* —respondió Krishna con calma—. Los copio fuerte y claro. Me alegra escucharlos.

—Bienvenido, *Argos Prime* —agregó la voz del controlador de vuelo.

—Gracias.

—Le enviaré el plan de vuelo para su regreso sin contratiempos —informó en seguida.

—De acuerdo —asintió Krishna.

—¿Cómo estuvo el viaje, *Krishna*? —preguntó una voz autoritaria.

—Perfecto —asintió Krishna, y agregó—. No podría estar mejor.

—Bien —asintió la voz.

—Plan de vuelo recibido.

—Perfecto —respondió el controlador de vuelo, y agregó—. No pierda el contacto con nosotros.

—De acuerdo.

En seguida, con el curso ya programado en la computadora principal de navegación, Krishna se deleitó escuchando las voces que parecían emerger con personalidad propia desde el altavoz del sistema de comunicaciones aunque, la mayoría de las veces, sólo advirtió un ligero rumor cuyas palabras no logró descifrar.

Aquella era la voz de Smith. El Jefe del proyecto.

Y Krishna siguió recordando, recordando y reflexionando en los sueños utópicos que desde pequeño había construido. Y en como éstos, etapa tras etapa, se habían ido cumpliendo. Sin embargo, había una pequeña laguna en sus recuerdos: no recordaba lo sucedido desde la escena del quirófano hasta el abordaje.

Pero, en cambio, recordaba a la perfección las maniobras previas al despegue y todo lo ocurrido *a posteriori*, con la sola excepción, como era de esperar debido a la alta complejidad de los procesos físicos involucrados, de los pocos minutos inmediatos a la reconstrucción molecular luego de cada salto a través de un conducto hiperespacial.

Y era indudable que aquello lo preocupaba y, al mismo tiempo, lo desconcertaba.

¿Por qué me veo dentro de un quirófano, si al mismo tiempo no recuerdo descalabro alguno en mi salud?

Dos semanas más tarde, la esfera terráquea era perfectamente visible en la pantalla principal y, como es lógico, aquella imagen lo tranquilizó por completo. Ya estaba en casa y, a pesar de las dudas que todavía bullían dentro de su mente, muy pronto comenzaría a ejecutar los planes tanto tiempo postergados.

Después de entregarse por completo a las manos del piloto automático, Krishna sólo se había dejado llevar. Las maniobras de acercamiento, en este caso a la Estación Espacial Internacional, y el atraque debían ejecutarse con mucha precisión.

De pronto, casi en el momento exacto del atraque definitivo, cuando las tenazas de fijación apresaron al navío impidiéndole cualquier tipo de movimientos, la energía de éste se desvaneció y todo su interior quedó a oscuras. No obstante, la pequeña batería de respaldo autónomo comenzó a funcionar y Krishna, aunque mucho más débil, e incluso algo sofocado, no perdió toda su visión de entorno.

¿Qué estará sucediendo ahí afuera? ¿Habrá fallado algo?

Minutos más tarde, mientras un sopor general nublaba poco a poco sus sentidos, escuchó un ruido tras la compuerta principal de la cabina y, enseguida, algunas voces todavía inidentificables.

Están tratando de ingresar para rescatarme...

De inmediato, mientras la debilidad de Krishna aumentaba ahora a pasos agigantados, la puerta comenzó a abrirse y, al mismo tiempo, una brisa de aire fresco controlado comenzó a reemplazar al enrarecido de la cabina.

Krishna intentó preguntar algo pero, muy a su pesar, no pudo articular palabra alguna.

¿Qué está sucediendo?

Nadie le respondió. No obstante, aunque todavía era incapaz de reaccionar, las voces poco a poco se fueron aclarando dentro de su mente.

Debido al poco espacio disponible, fueron sólo dos hombres los que ingresaron a la cabina. Colocaron sendos focos halógenos al interior de ésta y se dirigieron enseguida hacia Krishna que, todavía medio adormilado, observaba dos enormes siluetas temblorosas que se acercaban, ambas rodeadas de un extraño halo azulado que, por momentos, difuminaba sus contornos haciéndolas fantasmales.

—¿Qué sucede? —preguntó Smith.

—Nada —respondió Jones, observando con cierta renuencia a Krishna—. Sólo pensaba...

—¿En qué cosa?

—En todo lo que hemos hecho para lograr nuestro propósito.

—Así es —asintió Smith—. Hemos hecho muchas cosas. —Y de inmediato agregó—. Pero todo ha sido un éxito, un éxito rotundo.

Jones sólo asintió con un gesto de resignación que no pasó inadvertido para Smith.

Y en aquel instante Krishna recuperó la conciencia por última vez pues, aunque él nunca lo supo a ciencia cierta, nada en su vida había sido al azar.

—¿Está hecho el respaldo de todos los datos recopilados, incluso los biológicos? —preguntó finalmente Smith.

—Afirmativo —respondió Jones.

—¿Con protocolo de redundancia óptima?

—Por supuesto.

Smith observó con frialdad el interior de la cabina, tratando de no perderse detalle alguno de aquel reducido espacio.

—Entonces —indicó a continuación, antes de marcharse—, ya sabe lo que usted debe hacer.

Jones asintió con un gesto, y de inmediato puso manos a la obra. Dejó el contenedor portátil sobre una mesa auxiliar y se colocó los inmaculados y estériles guantes de látex. Enseguida, abrió los sellos del recipiente adiabático y comenzó a retirar todos y cada uno de los electrodos, incluidas las sondas de alimentación.   Luego, tratando que éste no se disgregara entre sus manos, retiró el cerebro humano desde su pretérito encapsulado de plexiglás y lo dejó caer sin cuidado alguno dentro del contenedor porque, a fin de cuentas, a otros les correspondería estudiar cada uno de los tejidos, para el análisis posterior del efecto producido en ellos debido a su prolongada permanencia en el frío y oscuro espacio exterior.

Descuido divino

C uando se acordó de controlar nuevamente su experimento, los aminoácidos ya se habían convertido en seres humanos.

Ceguera perceptiva

*D*espués de hallar el sitio más propicio para descender, el módulo de transporte comenzó su maniobra de aterrizaje con exasperante lentitud. Los propulsores y retropropulsores comenzaron a dialogar entre sí, estabilizando el descenso, mientras los escudos deflectores hacían también lo propio pulverizando los pequeños obstáculos que encontraban a su paso. No obstante, el terreno era demasiado escabroso y, al desmoronarse una parte de éste, la tensión dentro del pequeño navío podía cortarse con el filo de una navaja.

—Aterrizaje perfecto —señaló finalmente Ramírez, después de observar los instrumentos de su consola y esperar que la nave se estabilizara por completo.

—Bien hecho —congratuló Pizarro, el capitán.

—Iniciando exploración progresiva de corto y mediano alcance —señaló Cepeda.

—Avísenme cuando el informe esté completo —indicó el capitán.

Cepeda asintió. Al mismo tiempo, Ramírez iniciaba el habitual procedimiento de autodiagnóstico de todos los sistemas de la nave.

Más tarde, luego de verificar las condiciones medioambientales de aquel sector, incluyendo la posible presencia de remanentes radiactivos de la última gran guerra, los exploradores abandonaron el compartimiento estanco del pequeño navío. El sol penetró como una ola dentro de la nave, y ellos comenzaron a descender con indudable cautela, todos premunidos con diferentes tipos de escáneres. Nada debía dejarse al azar.

—Todo está bien aquí —señaló Cepeda.

—Bien —asintió Pizarro, y enseguida preguntó—. ¿Ramírez?

—Espera un segundo... —dijo Ramírez, recalibrando los parámetros de su escáner—. Todo está bien —agregó.

—Tampoco hay contaminación biológica —aseguró Pizarro.

Los demás asintieron tras las escafandras. Sin duda, aquella era una buena noticia; quizás la mejor para dar inicio a la exploración *in situ*. Y Pizarro fue el primero en despojarse del voluminoso equipo de protección. Cepeda y Ramírez esperaron un momento adicional, para asegurarse al cien por ciento, e hicieron lo mismo.

La atmósfera parecía estar en ebullición. Cada molécula del aire parecía tener calor y luz, casi en exceso.

—El aire está algo seco —dijo Pizarro, dando un chasquido con la lengua.

—Demasiado para mi gusto —agregó Ramírez.

—Es normal —dijo Cepeda.

Pizarro asintió. La presencia de vegetación en aquel cuadrante planetario era casi nula aunque la altura, sobre lo que un día fue el nivel del mar, no era excesiva.

En la distancia, los cerros se perfilaban duros, agrestes, y de colores cambiantes. De pronto, todo el entorno adquirió una claridad prístina.

A unos cien metros se levantaba un antiquísimo monolito de basalto negro, el mismo tantas veces observado en las fotografías de archivo, contrastando con la tonalidad amarilla en que estaba inmerso: bloques de granito y finísima arena.

—¿Éste es el sitio? —preguntó Ramírez.

—Sí —asintió Pizarro, y recalcó—. *Éste* es el sitio.

—Veamos el monolito —sugirió Cepeda—. Las culturas antiguas utilizaban este tipo de mojones para demarcar territorios.

Ramírez y Pizarro asintieron, dirigiéndose de inmediato hacia el testimonio pétreo inhiesto en medio de la nada.

Sobre la superficie erosionada del monolito situado frente a la entrada de una caverna horadada en la roca sólida, alguien había esculpido unos extraños caracteres que a Pizarro no le parecieron desconocidos.

De inmediato sacó un suave pincel desde uno de sus bolsillos y comenzó a limpiar.

—¿Escritura de los Antiguos? —preguntó Ramírez.

—Sí —asintió Pizarro—. Así es.

—¿Y qué dice? —preguntó Cepeda.

—Dice: «Una entrada, mil salidas.» —respondió Pizarro.

—Una entrada, mil salidas —repitió Cepeda un par de veces, pensativo. Y enseguida preguntó—. ¿Qué significa?

—No lo sé —respondió Pizarro. Sin embargo, él estaba seguro que muy pronto lo averiguaría.

—¿Y ahora? —inquirió Ramírez.

—Establezcamos un campamento —resolvió Pizarro.

Por lo mismo, antes que oscureciera y después de asegurar el perímetro a fin que nadie más se acercara, pusieron manos a la obra. En primer lugar, luego de observar la topografía del enclave, buscaron el sitio abrigado más cercano al monolito e instalaron la tienda de campaña. Después desempacaron algunos pertrechos, alimentos y utensilios. Lo justo e imprescindible para permanecer en dicho sitio el tiempo que fuese necesario. Finalmente, instalaron los detectores de movimiento y los generadores de un pequeño escudo energético que englobara y protegiera todo el campamento. Por supuesto, Cepeda no olvidó izar el estandarte imperial en medio del campamento.

* * *

Los Antiguos, aquellos gigantones de contextura humana que alcanzaron casi los tres metros de altura, constituyeron un día muy lejano la civilización galáctica más avanzada de la que aún se tenía conocimiento. Muchos testimonios se fueron encontrando en diferentes planetas, algunos de éstos todavía habitables, que daban muestra de su alto nivel evolutivo. Sin embargo, aunque no fue la primera, fue una civilización tempranera. Y en sus viajes interplanetarios nunca lograron contactarse con otra civilización, ni siquiera primitiva. Muchas estaban por venir y otras pocas ya habían desaparecido. Y de un día para otro, como por arte de magia, todos ellos desaparecieron sin dejar indicio alguno sobre la debacle que los afectó.

Pero, según lo señalado en algunas inscripciones pétreas encontradas sobre un planeta recientemente descubierto, Pizarro tenía una teoría al respecto. Una teoría que estaría dispuesto a demostrar de una u otra forma.

Por lo mismo, mucho esfuerzo, tiempo y dinero, le costó a Pizarro obtener la autorización expresa del Autarca para explorar dichas ruinas. Incontables papeleos, coimas y más papeleos, para conseguir una audiencia con la Primera Autoridad fue sólo el comienzo. Los arqueólogos imperiales habían arrasado las ruinas en su totalidad, sin encontrar ningún indicio de algo relevante. Además, para protegerse de alguna posible omisión, en su escueto informe habían sugerido que se impidiera el libre acceso al planeta. Entonces, era indudable que todo su equipo para exploración y análisis debería ser de última generación. Pero él había jugado muy bien sus cartas y el Autarca, decepcionado de la escasa capacidad de sus arqueólogos, terminó autorizando su expedición con una cláusula explícita: debía acompañarlos Cepeda, un hombre de su exclusiva confianza.

Cepeda era un hombretón de dos metros de alto por dos de ancho que en su juventud había luchado por el Bando Anarquista. No obstante, aunque siempre se jactó de la solidez de sus ideas y principios, después se integró como un miembro activo en el Sector de los Fundamentalistas Religiosos. Y nadie supo cómo un día terminó convirtiéndose en el favorito del actual Autarca, el más déspota entre los déspotas.

Y ahora estaba allí, en la expedición arqueológica de Pizarro, junto a Ramírez: el antiguo y único amigo de éste desde su juventud, aislados del resto del universo conocido e intentando descifrar lo indescifrable.

En su base, el monolito presentaba una serie de frisos pletóricos de caracteres y dibujos, cada uno más antiguo que el anterior, incluso el más reciente de éstos lo era mucho más que la misma civilización de los Antiguos. No obstante, el friso más inferior era por completo diferente a los anteriores: éste parecía estar formado por una serie de piezas compenetradas entre sí, a la manera de un antiguo rompecabezas. Además, este friso estaba muy por debajo del nivel del suelo. Por lo mismo, al no ser prolijos en su oficio, era evidente que los arqueólogos imperiales lo habían pasado por alto. Y este descubrimiento ya era un logro por sí mismo.

Después de tres días de arduo trabajo intentando en vano la traducción de los caracteres esculpidos en los frisos superiores del monolito, llegaron a un punto ciego.

—Debemos recapitular —dijo Pizarro—. Desplegar ante nuestra vista todo lo que tenemos y buscar otra perspectiva.

—De acuerdo —asintió Ramírez, poniendo de inmediato manos a la obra.

Aquella misma tarde, la imagen tridimensional del monolito era proyectada ante ellos desde todos sus ángulos. Además, los algoritmos de traducción e interpretación también fueron reforzados para incrementar su eficiencia y rapidez.

Un par de horas más tarde, después de observar y comentar cada uno de los detalles de la estructura desplegada, aún permanecían sin hallar un nuevo punto de partida.

—Debe ser algo muy simple —dijo de pronto Pizarro.

—¿Muy simple? —preguntó Ramírez—. ¿Por qué?

—Porque los constructores del monolito debieron prever que ellos un día no estarían —respondió Pizarro.

—Y que su escritura tampoco prevalecería —agregó Ramírez.

Pizarro y Cepeda asintieron.

—¿Entonces? —preguntó Cepeda—. ¿Todo esto es para despistar?

—Quizás... —dijo Ramírez, y agregó—. *Talvez* sólo es un señuelo.

—¿Un señuelo para tontos? —inquirió Cepeda.

—No lo creo —dijo Pizarro—. Es posible que sea información complementaria.

—¿Tú crees? —Cepeda estaba inquieto—. ¿Y qué haremos ahora?

—Debemos utilizar *sólo* nuestros cerebros —sentenció Pizarro, mientras Ramírez efectuaba un claro gesto de resignación—. ¿Qué más simple que eso?

En ese instante, algo crujió dentro de la mente de Pizarro.

«*La caverna*», se dijo. «*La clave debe encontrarse dentro de la caverna*».

—¿Dónde vas? —preguntó Cepeda.

—A la caverna —respondió Pizarro.

—¿Descubriste algo?

—No. Sólo es curiosidad —dijo Pizarro, y agregó—. Necesito distraerme un poco para pensar nuevamente con claridad.

—De acuerdo —asintió Cepeda—. Pero no te ilusiones mucho.

—¿Por qué?

—Sólo son unos cuantos metros de caverna —informó Cepeda—, y todas sus paredes son de granito sólido.

—¿Un refugio? —inquirió Pizarro.

—Posiblemente para las tormentas de arena —respondió Cepeda, y agregó—. El suelo está cubierto de ella.

—Ya veo.

Y Pizarro enfiló sus pasos hacia la caverna con la esperanza de encontrar algo que iluminase su cerebro.

* * *

Minutos más tarde, Pizarro ingresó a la caverna protegido tan sólo con su linterna de mano, un detector de radiaciones y un escáner básico de ultrasonidos. No obstante, a varios pasos en su interior, la luminosidad que tal dispositivo le entregaba era mucho menor que la cantidad usualmente observada en análogas condiciones. Intrigado por tan extraña situación, procedió a desconectar las pequeñas baterías para limpiar sus contactos y, en aquel preciso instante, un extraño fenómeno se manifestó frente a sus ojos.

La caverna, casi en forma instantánea, adquirió una luminosidad propia en las cercanías. Una luminosidad mucho mayor que la entregada por la linterna. Sin embargo, pese a desconocer su eventual origen, tal característica lo complació gratamente en su incidental gestación, esencialmente porque Cepeda no lo había advertido en su exploración previa.

«*Fascinante*», se dijo en voz baja y, dialogando consigo mismo, agregó—. «*¿Habré activado algo sin notarlo? No lo creo. Pero... ¿Por qué Cepeda no lo advirtió antes?*»

Acto seguido, después de guardar su casi inservible linterna dentro de uno de sus numerosos bolsillos y de verificar la ausencia de radiaciones nocivas para su organismo, procedió a explorar el resto de la caverna.

Y encontró lo que buscaba.

La caverna era bastante pequeña y sobre el suelo de la misma, casi en su centro geométrico, algo llamó su atención. De inmediato sacó uno de sus pinceles y comenzó a limpiar de arena aquella parte del suelo con inusitado entusiasmo.

Segundos más tarde, una breve sonrisa se manifestaba a plenitud en su rostro. Y de inmediato partió en dirección al monolito, no sin antes cubrir nuevamente con arena su reciente descubrimiento: una muesca de silueta bastante familiar.

Observó los frisos del monolito desde todos los ángulos hasta encontrar la figura buscada. Ésta se encontraba en el más inferior, el de las piezas compenetradas, y estaba dispuesta en un ángulo que a ojos inexpertos pasaría inadvertida.

«*Aquí está*», se dijo.

De inmediato, casi con desesperación, comenzó a manipular ambos bordes del friso en la búsqueda de algún mecanismo que permitiera desprender la pieza requerida. Y de pronto, cuando ya perdía las esperanzas, encontró un diminuto mecanismo de resorte o algo muy similar. Después de accionarlo, la pieza clave se desprendió sin dificultad alguna de la trama. Pero no fue la única: otra muy diferente también brincó desde su posición original.

Sin pensarlo dos veces, Pizarro recogió ambas piezas y las guardó en otro de sus bolsillos. Luego, con una idea muy clara dentro de su mente, se dirigió hacia la bodega de la nave donde se guardaban los pertrechos.

Enseguida, salió de la nave y observó a sus compañeros. Tal como él había sugerido minutos previos, ambos realizaban tareas netamente de distracción. Cepeda estaba jugando al ajedrez tridimensional con una extensión autónoma del computador de la nave, y Ramírez efectuaba una controlada serie de flexiones al aire libre.

Cepeda lo observó y él respondió con un gesto de asentimiento. Era indudable que desde ahora debía ser muy cuidadoso. Por lo mismo, dejando caer su pequeño bolso a medio camino, se acercó a Cepeda a fin de observar su juego.

—¿Todo está bien? —preguntó Cepeda.

—Sí —asintió Pizarro.

—¿Encontraste algo en la caverna?

—Sólo arena y más arena.

—Te lo dije —agregó Cepeda.

—Sí, así fue.

—¿Qué harás ahora?

—Estirar un poco las piernas…, quizás dormitar un poco al aire libre —contestó Pizarro y, dando un golpecito de camaradería en la espalda de Cepeda, agregó—. ¿Qué más podría hacer en un sitio como éste?

—Cierto —asintió Cepeda, sonriendo mientras Pizarro se alejaba.

Pero Pizarro no tenía en mente salir a estirar las piernas ni dormir bajo las estrellas. Disimulando un poco la tensión que lo carcomía por dentro, recogió su bolso y se encaminó hacia el monolito para observarlo por última vez. El viento soplaba con suavidad sobre las arenas. A lo lejos, las dunas se rizaban en la superficie, formando pequeñas olas secas. Sin duda, había llegado el momento de dar el siguiente paso, el decisivo. Luego, sin mirar hacia atrás, se dirigió tranquilo hacia la caverna e ingresó nuevamente en ella. Colocó el pequeño amasijo de plástico en el muro, en un recoveco cerca de la entrada, e insertó cuidadosamente un objeto metálico en éste.

«*Ahora o nunca*», se dijo.

De inmediato despejó nuevamente la muesca encontrada sobre el suelo e insertó la pieza de basalto negro que desprendió minutos previos desde el friso. Aunque ésta encajaba a la perfección, nada ocurrió.

«*Que extraño*», se dijo. Y puso sus brazos en jarra, incrédulo, apoyando sus manos en la cintura. «*¿Me habré equivocado?*»

En aquel instante, acompañada de un estruendoso chirrido, una de las paredes de granito comenzó a desplazarse sobre invisibles y portentosos goznes. Por lo mismo, como era inevitable que sus compañeros llegaran en breves minutos hasta dicho lugar para enterarse del origen de aquel espantoso ruido, retiró la llave desde el suelo y se introdujo a través del acceso secreto. Enseguida, después de observar con rapidez el interior, percatándose además de la presencia de aire respirable dentro de éste, se devolvió hasta el umbral y detonó el pequeño explosivo plástico que había adosado a la entrada de la caverna, permitiendo que éste hiciera su trabajo mientras la puerta interior, para su satisfacción, comenzaba nuevamente a cerrarse.

Cuando sus compañeros llegaron hasta el sitio del suceso, todo estaba ya consumado. El derrumbe había cesado y una nube de polvo no les dejaba observar la magnitud real del daño.

—¿Y Pizarro? —preguntó Ramírez.

—Dentro de la caverna —respondió Cepeda.

—¿Estás seguro?

—Lo observé mientras ingresaba hace un par de minutos.

—¡*Demonios!* —exclamó Ramírez—. Debemos hacer algo.

—Lo primero es esperar que el derrumbe se estabilice —sugirió Cepeda.

—Bien —asintió Ramírez—. Traeré algunas herramientas para excavar.

Cepeda aprobó con un gesto.

—No te preocupes, Pizarro —gritó Cepeda, agregando todavía con mayor énfasis—. Encontraremos la forma de sacarte de ahí.

«*Idiotas*», se dijo Pizarro. «*Eso es lo que no quiero, que ustedes ingresen y lo arruinen todo*».

Enseguida, desentendiéndose por completo de sus antiguos compañeros, resolvió continuar con su exploración. Por lo mismo, siempre acompañado por aquella curiosa luminosidad que se gestaba sólo en torno suyo, aunque ahora con una amplitud mucho mayor, se internó hasta llegar a una extraña galería. Desde aquel nuevo sitio, era factible observar siete nuevos umbrales, de similar factura entre sí y *talvez* conducentes a idéntico número de nuevas cavernas.

Pizarro observó hacia atrás y quedó perplejo: la caverna por donde había ingresado ya no existía. Entonces, entre preocupado y fascinado, procedió a golpear la pared con los nudillos de su mano derecha.

«Granito sólido», se dijo. *«Increíble»*.

De pronto vino a su mente el mensaje que los antiguos habían escrito sobre el monolito: «Una entrada, mil salidas». Y enseguida, sopesándola, observó la segunda piedra que se había desprendido del friso. Por lo tanto, si había una entrada… también había una salida, o mil. Sólo era cuestión de tiempo encontrar una de ellas.

Al centro de la galería se ubicaba una mesa de sólida construcción que, en primera instancia, a Pizarro le pareció un pequeño centro de mandos. No obstante, como eventual reacción, decidió explorar alguno de los siete umbrales previamente descubiertos.

Segundos más tarde, al intentar traspasar uno de éstos, un frío demasiado intenso e intolerable para su organismo le impidió continuar su exploración.

«¡Demonios!», se dijo Pizarro con voz temblorosa al ver frustrado su intento preliminar para satisfacer su natural curiosidad.

Enseguida, después de recuperar la compostura, resolvió orientar su creciente interés hacia la pequeña mesa de pétrea construcción. Era indudable que aquel dispositivo constituía una parte esencial para revelar parte del misterio ahí oculto.

Sobre la superficie superior de la mesa, Pizarro observó la silueta en bajorrelieve de una mano diestra. Pero la sorpresa fue mayúscula al percatarse que la representación de tal apéndice táctil sólo contemplaba la existencia de tres dedos de gruesa contextura y muy bien diferenciados entre sí.

«*Parece la pata de un pájaro*», se dijo. «*Pero de un pájaro enorme y gordo*».

Entusiasmado por tan inusual descubrimiento, evidente manifiesto de la morfología de antiquísimos seres inteligentes no humanos, Pizarro procedió a colocar su mano al interior de la silueta dispuesta en bajorrelieve, intentando al mismo tiempo imaginarse a la entidad dueña de una mano similar.

En aquel preciso instante, ante su atónita sorpresa, los siete umbrales dispuestos frente a la mesa cambiaron en su consistencia aparente. Desde la oscuridad más profunda, absoluta e impenetrable, a una clara y semifosforescente opacidad que, sin duda alguna, indicaba algo importante en relación a la funcionalidad de cada uno de ellos.

«*Se han activado las entradas*», se dijo. «*O salidas*».

Pizarro abandonó su lugar en el puesto de mandos y se dirigió hacia el mismo umbral que, momentos previos, lo repelió en forma tan eficaz. En esta ocasión, la respuesta fue radicalmente distinta pues, desde su interior, una fuerza extraña y desconocida lo instaba a cruzar el umbral y perderse en su interior. Por lo mismo, no lo pensó tres veces y resolvió traspasar aquel atractivo portal. Después estudiaría la forma de regresar hasta su original y pretérito medioambiente, si aquello todavía era factible.

Sólo advirtió un leve cosquilleo mientras se imaginaba a todas sus neuronas cambiando de posición, quizás desperezándose de la modorra de siglos a fin de reacomodarse una vez más, optimizando cada enlace sináptico entre ellas. Enseguida se encontró en el extremo de una nueva caverna, una indistinguible de la primera, horadada a la perfección a través del más duro granito.

«*Qué extraño*», se dijo, observándose la piel de gallina en uno de sus antebrazos. «*¿Qué pasaría si...?*»

Se devolvió a través del umbral pero el cosquilleo no regresó. No obstante, se vio una vez más en la galería de acceso. Por lo mismo, sintiéndose un hombre nuevo, con más ímpetu, ingresó al umbral por segunda vez y vio el número.

Sobre la pared derecha, a poco más de dos metros de altura y al principio de la caverna, había un símbolo escrito mediante alguna técnica indeleble. Era el primer número ordinal del sistema empleado por los Antiguos. Por lo tanto, si esta numeración avanzaba en forma secuencial, ahora estaba al comienzo de una intrincada serie de túneles.

Y, quizás por un simple azar del destino, los Antiguos le habían señalizado el camino que debía seguir desde ahí.

Más adelante encontró nuevas galerías, todas conducentes a una infinidad de nuevas cavernas a explorar. No obstante, en muchas de estas galerías habían dibujados pequeños fragmentos de todas las rutas a seguir desde tal punto, siempre en progresión geométrica. Los túneles se distribuían como una red que, en principio, englobaría todo el planeta. Sin embargo, poco antes de advertir que bajo el nivel que ahora recorría había una infinidad de otros niveles similares, descubrió un hecho sorprendente. Algo que lo descolocó por completo: hasta el momento no había experimentado ningún tipo de fatiga o cansancio y, como si aquello no fuese suficiente, el aire no estaba enrarecido.

Se detuvo un instante, sentándose bajo uno de los números: todavía estaban en secuencia, y revisó su bolso. Disponía de raciones de emergencia para unas dos semanas, tres a lo sumo, y él sabía que la nave no partiría antes de un mes. Era el tiempo mínimo de espera en aquel tipo de casos, de extravío de una persona. Por lo tanto, tenía sólo tres semanas para dedicarlas en exclusiva a la búsqueda del secreto que lo había llevado hasta allí.

Observó hacia el muro: más adelante podría cambiarse al nivel inmediatamente inferior si la numeración así lo indicaba. Y allí vislumbró en su mente todo el camino que todavía le faltaba por recorrer.

Desde aquel momento, el paso del tiempo y la vida misma tendrían un significado totalmente diferente, único y maravilloso, encadenado a cada siguiente descubrimiento. Poco importante serían sus antiguos compañeros, la nave, el imperio y el resto del universo ya conocido; más todavía el déspota Autarca, el mismo que con mano ajena pensaba adueñarse de todos sus descubrimientos.

Aunque, según su propia percepción, todavía faltaba el más importante: el que en definitiva lo había llevado hasta ese planeta moribundo.

Como única reacción, emitió un singular chasquido con la boca.

«Tardaré milenios en revisar todas las cavernas», se dijo.

Estaba en lo cierto: tardó miles de eones en revisar todas y cada una de las cavernas y galerías en la búsqueda de una recompensa que, desde el instante que ingresó al intrincado laberinto, ya era suya.

Mientras tanto, en el exterior, la vida en el Universo había llegado a su fin hacía mucho tiempo… Pero al interior de un planeta sin nombre y de superficie calcinada, que deambulaba erráticamente dentro de un universo sin luz, un ser humano todavía buscaba palmo a palmo el intangible y anhelado secreto de la inmortalidad.

El mensaje

A nte la tensa expectación de todo un selecto auditorio, formado casi en forma exclusiva por gran parte de la intelectualidad contemporánea y de algunos molestos figurines que no deseaban ser menos, incluidos entre estos últimos unos cuantos miembros del inoperante Senado Universitario, en pocos minutos comenzaría el tan anhelado e inducido proceso de activación del pequeño *oopart*.

Dicho artilugio, el único de su clase hasta ahora descubierto, había sido encontrado poco tiempo atrás en un sofisticado escondrijo al interior de la famosa Cueva del Milodón, situada en pleno corazón Patagónico. Por lo mismo, esta sería quizás la única oportunidad de la comunidad científica para saber quiénes habían sido los creadores de dicho artefacto; e intuir además, a grandes rasgos, qué pensaban éstos sobre la vida, el universo y todo lo demás. Sin embargo, a fin de justificar ante las mezquinas arcas fiscales el alto presupuesto invertido en la investigación previa, incluyendo los excesivos viáticos y otros onerosos gastos superfluos, tal activación se efectuaría en una ceremonia pública.

Después de algunos meses de investigación, se concluyó que tal dispositivo «fuera de tiempo y lugar» era una cápsula de tiempo. Pero no una de aquellas vulgares donde se almacenan objetos para verlos una vez más después de algunos años a fin de recordar esto y aquello, habitual juego de los típicos adolescentes ociosos y políticos mediocres que desean marcar su espacio en el tiempo, sino algún tipo de bitácora. Además, los científicos a cargo habían descubierto la forma de energizarlo en forma indirecta.

Después de algunos minutos, en los que se justificó vagamente la importancia de estudiar tal tipo de dispositivos, que a nadie más fuera de aquel reducido círculo intelectual podría quizá interesarle, se procedió a enfocar las cámaras, junto a otros dispositivos de grabación, a fin que ningún pequeño dato fuese desestimado. Enseguida, se ejecutó el minucioso protocolo de activación.

Casi de inmediato, ante la evidente satisfacción de algunos, la pequeña cápsula de tiempo procedió a emitir algunos pitidos, encendió una secuencia de lucecillas multicolores, y también comenzó a cambiar la configuración de su apariencia externa. A continuación, ante la tensa incertidumbre de los científicos a cargo, su comportamiento cambió en forma radical respecto a las pruebas de laboratorio preliminares: después de escanear un sector de la concurrencia, quizás para asegurarse de la presencia de potenciales seres inteligentes a su alrededor, emitió una singular secuencia de sonidos en baja frecuencia y un rostro humano comenzó a materializarse a unos pocos centímetros sobre el dispositivo. Un rostro que, a simple vista, no era más que una discreta aproximación holográfica del semblante de uno de los asistentes a dicho evento.

—¡Es su rostro, profesor! —dijo uno de los ayudantes. No obstante, pese al asombro que también lo embargaba, el profesor sólo se limitó a efectuar un claro gesto de silencio.

Luego de escrutar en torno suyo, el inexpresivo y anguloso rostro comenzó a entregar su importante mensaje; el mismo que había sido grabado hacía eones, por una civilización hasta ahora desconocida sobre la faz de la Tierra:

«Está anocheciendo, lo sabemos. También sabemos que ningún mensaje es eterno, aunque esté escrito sobre la piedra más sólida. Pero sería imperdonable para nosotros, como último vestigio de nuestra civilización, no intentarlo.

»Fuimos víctimas de un proceso. Y, aunque este proceso tardó muchas de nuestras generaciones en desarrollarse, quizás demasiadas para siquiera sospechar lo que se nos avecinaba, los hechos se concretaron en tan sólo Nueve Días.

»Los primeros en aparecer fueron los Serafines, aquellas esféricas sondas de exploración no tripuladas, capaces de efectuar las maniobras más inverosímiles dentro de nuestro propio espacio aéreo, cuyos esporádicos avistamientos muy pronto fueron ridiculizados por los numerosos escépticos que se agruparon formando las llamadas cofradías de escepticismo puro. Ellos fueron verdaderos títeres de paja, porfiados como sólo una caterva de escépticos de gran magnitud podría serlo, dedicados casi en exclusiva a desacreditar en un dos por tres a todas las oficiosas fuentes informales; y sólo aceptando a pie juntillas la dudosa validez de todo lo enunciado una y otra vez a través de los conductos oficiales.

»Durante el Segundo Día le tocó el turno a los Querubines: diversos navíos discoidales tripulados, mono y biplazas, que incursionaron en nuestro planeta desde las bases establecidas en nuestro extraño satélite natural, según algunos demasiado grande para el tamaño de nuestro planeta, y desde otros puntos estratégicos situados al interior del Sistema Solar. Unos cuantos de estos navíos fueron atacados por los mecanismos de defensa de las grandes potencias; y unos pocos de ellos terminaron estrellándose en sitios muy apartados de la civilización, de nuestra civilización. Más tarde, después de recoger los restos, el manto del olvido oficial los cubrió de inmediato y en forma definitiva: no era permisible que unos cuantos hechos circunstanciales destruyeran los cimientos de la sociedad, los mismos que se habían forjado durante milenios por la superstición y la fe en los más diversos íconos tribales evolucionados.

»Más tarde apareció ante nuestra vista la hermosa e indescifrable escritura angélica: los llamados agroglifos, misteriosos símbolos dibujados casi a la perfección en algunas densas plantaciones de cereales por pequeñas esferas angelicales noctámbulas. Verdaderas podadoras de alta energía vibrátil, cuya obra no tardó en ser imitada burdamente por algunos ociosos simplones que sólo deseaban obtener fama y dinero con inusitada rapidez, engañando al mismo tiempo a toda esa muchedumbre de crédulos siempre dispuestos a tragarse lo que sea con tal de creer en algo.

»Aunque nunca lo sospechamos, en estos agroglifos se explicaba todo el Plan; y la secuencia detallada en que éste se llevaría a cabo.

»Entonces, y sólo entonces, cuando la modorra evolutiva comenzaba a impregnarse en todos los ámbitos de la sociedad, el Cambio Climático se cernió finalmente sobre todos nosotros; apabullando de un golpe todo el ímpetu de la estresada Humanidad. Culpamos a muchos, es cierto; incluso a la insensible codicia de los pocos que se jactaban, con cierto insano orgullo, de ostentar los títulos de propiedad del Planeta. Mas todo fue en vano pues nuestro indeleble destino ya estaba escrito y sellado entre las arenas del tiempo, de *nuestro* tiempo. Y era tan sólo la plenitud del Cuarto Día.

»Enseguida, luego de un lapso infinitesimal de nuestra percepción del tiempo macrocósmico que nos envolvía desde el Inicio de los Tiempos, todo comenzó a tener sentido con la aparición y proliferación de los Profetas del Caos. Los mismos energúmenos que de inmediato fueron perseguidos y lapidados porque, en el crepúsculo de este Cuarto Día, osaron anunciar el cercano Apocalipsis de la Humanidad. Sin embargo, más tarde, sus nombres fueron restaurados con honor por la fe popular; cuando el Final de los Tiempos se precipitó en definitiva sobre todos nosotros.»

Hubo una tensa pausa, demasiado extraña para describirla a cabalidad con unas cuantas palabras. Los unos y los otros se miraron entre sí, perplejos e indecisos. Algo estaba ocurriendo, y ninguno de ellos estaba preparado para enfrentarlo.

Casi de inmediato la grabación prosiguió:

«En el Quinto Día aparecieron los Arcángeles de la Purificación, derramando el glifosato cósmico contenido en sus diáfanas e inagotables ánforas que, casi en un abrir y cerrar de ojos, erradicó todas las formas de vida que no alcanzaron a refugiarse en sus búnkeres personales. Una vez más, al igual que en los estadios más barbáricos y horrendos de nuestra historia, cada cual se vio obligado a cuidar sólo de sí mismo. No hubo tiempo para nada más.

»Y fue después de esta lluvia ácida, letal como ninguna otra conocida en nuestro planeta, cuando creímos que todo había terminado en forma irremediable.

»Al parecer, nuestro creador se había ensañado finalmente con nosotros... su más perfecta creación.

»Mas no fue así.

»El Plan todavía estaba en marcha.

»En el Sexto Día se presentaron los generosos Ángeles Benefactores, los de la abundancia, dejando caer aquellos racimos de esferas translúcidas atiborradas de sabrosas y nutritivas esporas. Una vez más, el maná celestial había llegado en el momento preciso para alimentar a los pocos miles de hambrientos sobrevivientes; los mismos que entonces deambulaban transpirando desesperación sobre la yerma y empobrecida superficie.

»Pero, tan sólo un Día más tarde, aquellas extrañas esporas comenzaron rápidamente a germinar sobre la estéril superficie planetaria sin más nutrientes que la tierra misma. Era la verdadera y única salvación para los pocos sobrevivientes de este holocausto que por momentos parecía definitivo.

»*Definitivo* es una palabra cruel, una que no admite opciones y que sepulta cualquier nimio atisbo de esperanza.

»No obstante, durante el amanecer del Octavo Día, advertimos con mucho dolor nuestro grave error: el maná no estaba destinado a nosotros.

»Uno tras otro comenzaron a descender los Exterminadores: un selecto grupo de Ángeles metamorfos dedicados, en forma exclusiva, a desintegrar sin miramiento alguno a quienes osaran alimentarse del maná celestial.

»Y tal acción redujo nuestra escasa población en forma estrepitosa, casi como si fuésemos tan sólo una molesta e indeseable plaga.

»Sí, una molesta e indeseable plaga.

»Y eso fue exactamente lo que todos pensamos al unísono con el despuntar del Noveno Día, *el definitivo*, cuando arribaron los Cosechadores: aquellos gigantescos y oblongos Ángeles que comenzaron a embarcar la totalidad de los tiernos y dulces tallos, dejando tan sólo la parte incomible esparcida por doquier; como esperando que la Madre Tierra restableciera más tarde un nuevo equilibrio por sí sola para que ellos, una vez más y al igual que muchas veces y en muchos otros mundos lo hicieron, pudiesen regresar un Día cualquiera y ejecutar nuevamente el Plan, su maldito Plan.

»Por lo mismo, en este momento tan especial, en el que se nos niega definitivamente el hálito de la existencia misma, creemos que la única forma de interrump...»

De pronto, uno de los científicos a cargo desactivó la cápsula mientras la voz comenzaba a enunciar la única opción para romper el destino cíclico del Tercer Planeta, la relacionada con la oportuna interpretación de la misteriosa escritura angélica.

—¡Sólo es ruido blanco! —manifestó uno de los presentes, destapándose los oídos y quebrando la creciente tensión generada por el ominoso silencio—. Quizá una broma de estudiantes... —agregó, ejecutando al mismo tiempo un claro gesto de fastidio por la pérdida de su valioso tiempo.

—No lo creo —dijo uno de los encanecidos miembros del Senado que no deseaba pasar por ignorante—. Me pareció distinguir ciertas inflexiones que bien podrían señalar un desfase en la frecuencia de... —Se interrumpió y observó durante un breve instante al resto de la expectante concurrencia.

En aquel preciso momento, poco antes que cada uno de los asistentes iniciara el lento regreso a su acostumbrada rutina, una estruendosa y espontánea carcajada colectiva inundó toda la sala. La Humanidad había perdido la capacidad de escuchar desde hacía mucho, muchísimo tiempo. Y la modorra evolutiva, una vez más, estaba ya impregnada en todos los ámbitos de la sociedad.

Biografía del autor

E ric Adolfo nace en la ciudad de Valparaíso, Chile, a principios de los sesentas; y la primera parte de su infancia transcurre en la vecina comuna de Quilpué. Luego, junto a sus padres y hermana, se traslada a la capital donde efectúa todos sus estudios, incluidos los de Ingeniería Eléctrica. Fue en esta época tardía, a principios de los noventas, cuando descubre su pasión por la escritura. Por lo mismo, se inscribe en un Taller de Creación Literaria dictado por vez primera en la misma universidad. Y en 1992 participa con su primer cuento «*El Turista Ejemplar*» en el Concurso Literario María Luisa Bombal, obteniendo el Tercer Lugar; junto a una buena crítica de parte del jurado, a pesar de la simpleza del texto original. Luego, dos años más tarde, en el V Festival

Víctor Jara de Todas las Artes, gana idéntico lugar con el cuento «*Parpadeos Vitales*». Ha participado en forma esporádica en otros concursos, pero sin llegar una vez más a la cúspide. Ávido lector desde la adolescencia, un hábito inculcado en forma sabia por su madre, gana en dos ocasiones, 2005 y 2010, el Premio al Mejor Lector del Centro Bibliotecario de Puente Alto. Por esos años, también participa en otros dos o tres Talleres Literarios impartidos en aquel mismo centro cultural; el primero de ellos a manos del escritor Víctor Carvajal. Su formación científica lo ha llevado a incursionar, aunque no en forma exclusiva, en el género de la Ciencia Ficción y del Terror Fantástico. Eric Adolfo cree en la inspiración y se considera un adicto a la escritura, haciéndolo en forma casi continua desde 1994. Ha escrito más de doscientos cuentos, un número algo menor de microcuentos de cien palabras exactas, quizá inspirado en sus inicios por un conocido y esquivo concurso capitalino, y dos novelas; la primera, de corte juvenil, perdida a causa de una sorpresiva debacle computacional ocasionada por la presencia de un otrora destacado virus informático. En septiembre del 2014, intenta dejar las empalagosas sombras del anonimato y emerge desde el primigenio limo literario para publicar, en esta misma colección, su primera compilación de cuentos de Ciencia Ficción, Fantasía y Terror Gótico.

Tabla de Materias

Colofón

Este libro se imprimió mecánicamente, no sabemos dónde ni cuándo, por algún robot dedicado a la impresión bajo demanda. Por lo tanto, nos es imposible indicar cuántos ejemplares han sido producidos a la fecha ni cuántos lo serán en el futuro. Esperamos que se haya usado papel Bond blanco y una tapa de cartulina polilaminada a color, con una encuadernación rústica mediante *hotmelt*. Por lo menos estamos seguros de haber usado la tipografía *Book Antigua*, en varios tamaños y variantes, para la mayoría de su interior.

ς

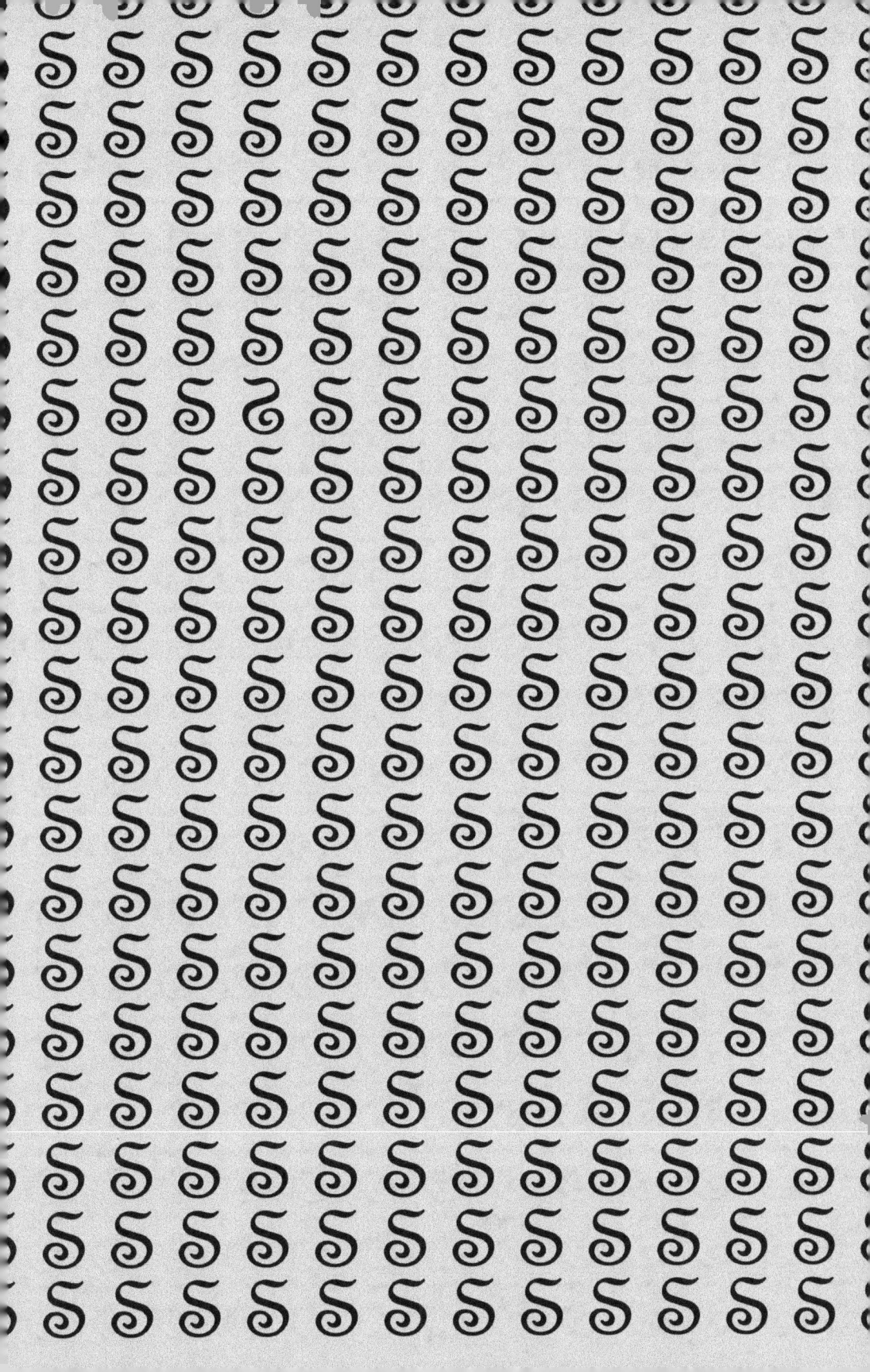

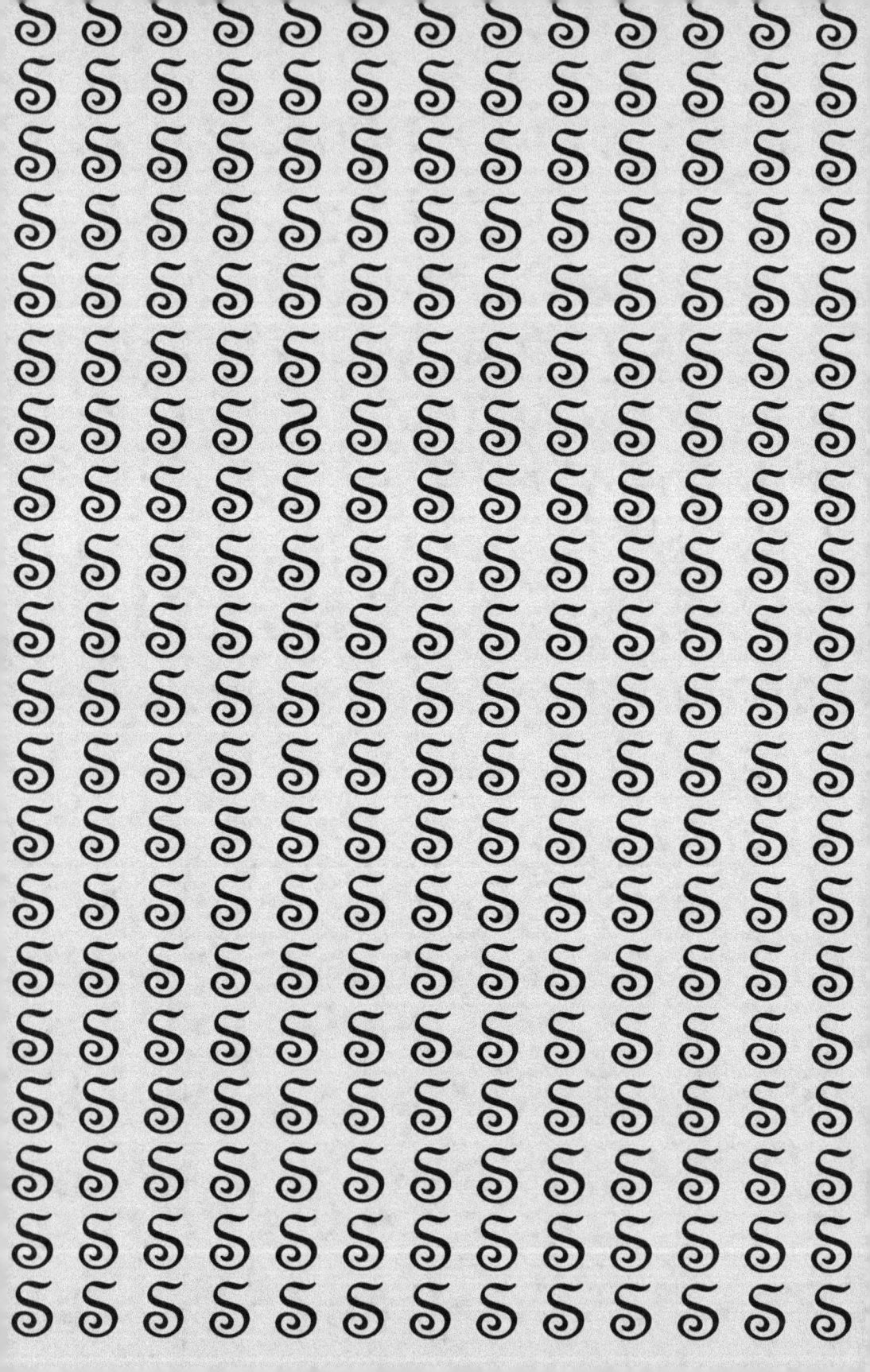

www.ingramcontent.com/pod-product-compliance
Lightning Source LLC
Chambersburg PA
CBHW070519260626
47161CB00004B/1586